單字一本罩！從文法句型背單字

N5 單字 文法書

張秀慧／著

笛藤出版

- 電器用品
- 房屋設備 (家具物品)
- 廚房用具、餐具
- 水果
- 蔬菜
- 魚、肉類
- 其他食品

文法先知道

- 指示代名詞 (物品)

◇ 句型

- [これ／それ／あれ] は [名詞] です。
- [これ／それ／あれ] は [名詞] じゃ (では) ありません。
- [これ／それ／あれ] は [名詞] ですか。

◆ 名詞單字 III 042

◆ 與場所有關

◆ 方位

文法先知道

- 指示代名詞 (場所)

◇ 句型

- 指示代名詞 (場所) は [地方] です。
- 指示代名詞 (場所) は [地方] じゃ (では) ありません。
- 指示代名詞 (場所) は [地方] ですか。

◆ **與植物有關 (沒有生命)**

◆ **與動物有關 (有生命)**

文法先知道

- •「あります」與「います」的用法

- •「あります」與「います」的時態

◇ 句型

- ▪ [名詞①] の [位置] に [名詞②] があります。

- ▪ [名詞①] の [位置] に何がありますか。

- ▪ ([名詞①] の [位置] に)[名詞②] があります。

- ▪ [名詞①] の [位置] に [名詞②] がいます。

- ▪ [名詞①] の [位置] に誰がいますか。

- ▪ ([名詞①] の [位置] に)[名詞 (人)] がいます。

- ▪ [名詞①] の [位置] に何がいますか。

- ▪ ([名詞①] の [位置] に)[名詞 (動物)] がいます。

◆ **與交通工具有關**

文法先知道

◇ 句型

- ▪ [地方] へ行きます／来ます／帰ります。

- ▪ どこへ行きます／来ます／帰りますか。

- ▪ [主語] は [交通工具] で [地方] へ行きます／来ます／帰ります。

- ▪ [主語] は何で [地方] へ行きます／来ます／帰りますか。

- ▪ [主語] は [人] と [地方] へ行きます／来ます／帰ります。

- [主語] は誰と [地方] へ行きます／来ます／帰りますか。

綜合題目演練

Part 2 形容詞

◆ 形容詞單字

◆ **い形容詞**

◆ **な形容詞**

> 文法先知道

- **時態變化**

◇ **句型**

- [主語] は [形容詞] です。

- [主語] は [形容詞] です／でした。

- [主語] はどうですか／でしたか。

- [主語] は [形容詞] です／でした。

- [主語] は [形容詞][名詞] です／ではありません。

- [主語] は [形容詞][名詞] でした／ではありませんでした。

- [主語] はどんな [名詞] ですか／でしたか。

- [主語] は [形容詞][名詞] です／でした。

綜合題目演練

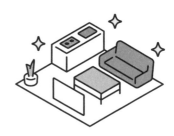

◆ **動詞「ない形」變化**

◇ 句型

- ～ないでください。

- ～なくてもいいです。

- ～なければなりません。

◆ **動詞「た形」變化**

◇ 句型

- ～たり～たりします。

- ～たほうがいいです。

- ～たことがあります／ありません。

◆ **動詞「辞書形」變化**

◇ 句型

- ～ことができます／できません。

◆ **什麼是「自動詞」和「他動詞」？**

◆ **成對的自動詞 & 他動詞**

文法先知道

綜合題目演練

Part 8 基本句型

- ～あとで
- あまり～ない
- ～が一番
- ～が欲しい
- ～だけ
- ～てから
- ～でしょう
- ～どうやって
- ～と思う
- ～たい
- ～とき
- ～ながら～
- ～なる
- ＡはＢより～です。
- ～前に

Part 9 附録

試試身手！題目演練

1

名詞

◆名詞單字 I

◆與人有關 [主語，名詞①]

日文	中文
私 わたし	我
あなた	你
お父さん おとうさん	爸爸
父 ちち	家父
お母さん おかあさん	媽媽
母 はは	家母
お兄さん おにいさん	哥哥
兄 あに	家兄
お姉さん おねえさん	姊姊
姉 あね	家姊
弟 おとうと	弟弟
妹 いもうと	妹妹
お爺さん おじいさん	爺爺

おじさん	姑父；伯父；舅舅
お婆さん おばあさん	奶奶
おばさん	姑母；伯母；阿姨
ご主人 ごしゅじん	丈夫（別人的）
夫 おっと	老公（自己的）
奥さん おくさん	太太（別人的）
妻／家内 つま／かない	老婆（自己的）
息子 むすこ	兒子
娘 むすめ	女兒
子供 こども	小孩子
孫 まご	孫子
彼 かれ	他；男友
彼女 かのじょ	她；女友
彼氏 かれし	男友
～さん	～先生；小姐

◆與身分、職業有關［述語，名詞②］

日文	中文
銀行員 ぎんこういん	銀行職員
会社員 かいしゃいん	上班族
医者 いしゃ	醫生
先生 せんせい	老師
エンジニア	工程師
店員 てんいん	店員
歌手 かしゅ	歌手
警察官 けいさつかん	警察
お巡りさん おまわりさん	警察、巡警
学生 がくせい	學生
留学生 りゅうがくせい	留學生
主婦 しゅふ	主婦
運転手 うんてんしゅ	司機
看護婦 かんごふ	護士
クラスメート	同班同學

補充 它們哪裡不同？

会社員 | 社員 | 従業員

①**会社員**：指被公司僱用工作的人。通常是指正式雇用的人，不包含兼差、打工、聘僱的人員。

②**社員**：「社員」原本是指社團的成員或是有限股份公司的股東等出資者，而指在公司工作的人則是通俗的用法。但是在「社員食堂」或「我が社の社員」等特別情形則可使用「社員」。

③**従業員**：從事某種業務的人。不只是正式僱用，像是兼差、打工、聘僱員工等非正式僱用者，或是不是在公司而是個人經營店家工作的人也是「従業員」。

伯母さん | 叔母さん | 小母さん

這三個單字發音雖然都是「おばさん」但意思卻有不同，「伯母さん」是指父親或母親的姊姊，「叔母さん」是父親或母親的妹妹，而「小母さん」則是年紀稍大的女性。同樣的「伯父さん」、「叔父さん」、「小父さん」也是有這三種不同的意思。

◆與國籍有關［述語，名詞②］

日文	中文
国 くに	國家
外国人 がいこくじん	外國人
台湾人 たいわんじん	台灣人
日本人 にほんじん	日本人
韓国人 かんこくじん	韓國人

中国人 ちゅうごくじん	中國人
フィリピン人 フィリピンじん	菲律賓人
アメリカ人 アメリカじん	美國人
ドイツ人 ドイツじん	德國人
イギリス人 イギリスじん	英國人

文法先知道

日文的時態包括了非過去以及過去式。過去式就是指對過去結束的事情給予肯定或否定的斷定，而非過去式則是對主語或主題給予肯定或否定的斷定。

丁寧形（禮貌形）	
非過去式	
肯定 （名詞 + です）	**否定** （名詞 + ではありません）
雨です	雨ではありません
学生です	学生ではありません
先生です	先生ではありません
過去式	
肯定 （名詞 + でした）	**否定** （名詞 + ではありませんでした）
雨でした	雨ではありませんでした
学生でした	学生ではありませんでした
先生でした	先生ではありませんでした

普通形	
非過去式	
肯定 (名詞 + だ)	**否定** (名詞 + ではない)
雨_{あめ}だ	雨_{あめ}ではない
学生_{がくせい}だ	学生_{がくせい}ではない
先生_{せんせい}だ	先生_{せんせい}ではない
過去式	
肯定 (名詞 + だった)	**否定** (名詞 + ではなかった)
雨_{あめ}だった	雨_{あめ}ではなかった
学生_{がくせい}だった	学生_{がくせい}ではなかった
先生_{せんせい}だった	先生_{せんせい}ではなかった

◇句型

▪ [主語，名詞①] は [名詞②] です。

[主語，名詞①] 是 [名詞②]。(非過去式肯定)

* 名詞②的部分又稱為述語，是用來說明解釋前面的主語。

（1）用在說明身分職業的時候

例 わたしは学生_{がくせい}です。

我是學生。*「学生_{がくせい}」是來說明「わたし」。

（2）用在說明國籍的時候

例 わたしは台湾人_{たいわんじん}です。

我是台灣人。

1._____は_____です。

爸爸是上班族。

2._____は_____です。

スミス小姐是美國人。

▪ [主語，名詞①] は [名詞②] ではありません。

[主語，名詞①] 不是 [名詞②]。(非過去式否定)

(1) 用在說明身分職業的時候

例 お姉（ねえ）さんは会社員（かいしゃいん）ではありません。

姊姊不是上班族。

(2) 用在說明國籍的時候

例 林（りん）さんは日本人（にほんじん）ではありません。

林先生不是日本人。

1._____は_____ではありません。

哥哥不是警察。

2._____は_____ではありません。

我不是老師。

▪ **[主語，名詞①] は [名詞②] ですか。**

[主語，名詞①] 是 [名詞②] 嗎？（非過去式疑問句）

はい、[主語，名詞①] は [名詞②] です。（肯定回答）

いいえ、[主語，名詞①] は [名詞②] ではありません。（否定回答）

（1）用在詢問身分職業的時候

例

妹（いもうと）は警察官（けいさつかん）ですか？

はい、（妹（いもうと）は）警察官（けいさつかん）です。

いいえ、（妹（いもうと）は）警察官（けいさつかん）ではありません。

妹妹是警察嗎？

是，（妹妹）是警察。*「妹（いもうと）は」可以省略。

不，（妹妹）不是警察。

（2）用在詢問國籍的時候

例

王（おう）さんはフィリピン人（じん）ですか？

はい、（王（おう）さんは）フィリピン人（じん）です。

いいえ、（王（おう）さんは）フィリピン人（じん）ではありません。

王先生是菲律賓人嗎？

是，（王先生）是菲律賓人。

不，（王先生）不是菲律賓人。

1.

_____は_____ですか？

はい、_____は_____です。

奶奶是主婦嗎？
是，奶奶是主婦。

2.

_____は_____ですか？

いいえ、_____は_____ではありません。

田中先生是英國人嗎？
不，田中先生不是英國人。

（答案）
1. おばあさん、主婦、おばあさん、主婦
2. 田中さん、イギリス人、田中さん、イギリス人

▪ [主語，名詞①] は [名詞②] でした。

[主語，名詞①] 以前是 [名詞②]。(過去式肯定)

* 主語可以是名詞，也可以是指示代名詞。

例 **お母さんは先生**でした。

媽媽以前是老師。

例 **ここは食堂**でした。

這裡以前是餐廳。* 參考名詞 III，P.42 ～ 47。

小‧小‧練習一下！

1. ＿＿＿＿＿は＿＿＿＿＿でした。

王先生以前是上班族。

2. ＿＿＿＿＿は＿＿＿＿＿でした。

那裡 (遠) 以前是學校。

(答案)

1. 王<small>おう</small>さん、会社員<small>かいしゃいん</small>

2. あそこ、学校<small>がっこう</small>

▪ [主語，名詞①] は [名詞②] ではありませんでした。

[主語，名詞①] 以前不是 [名詞②]。(過去式否定)

例 **お兄<small>にい</small>さんは医者<small>いしゃ</small>ではありませんでした。**

哥哥之前不是醫生。

例 **ここは博物館<small>はくぶつかん</small>ではありませんでした。**

這裡以前不是博物館。

小‧小‧練習一下！

1. ＿＿＿＿＿は＿＿＿＿＿ではありませんでした。

小林小姐以前不是主婦。

2. ＿＿＿＿＿は＿＿＿＿＿ではありませんでした。

那邊 (中) 以前不是車站。

(答案)

1. 小林<small>こばやし</small>さん、主婦<small>しゅふ</small>

2. そこ、駅<small>えき</small>

▪ [主語，名詞①] は [名詞②] でしたか。

[主語，名詞①] 以前是 [名詞②] 嗎？ (過去式疑問句)

はい、[主語，名詞①] は [名詞②] でした。(肯定回答)

いいえ、[主語，名詞①] は [名詞②] ではありませんでした。(否定回答)

例

田中さんは歌手でしたか？

はい、田中さんは歌手でした。

いいえ、田中さんは歌手ではありませんでした。（エンジニアです。）

田中先生以前是歌手嗎？

是，田中先生以前是歌手。

不，田中先生以前不是歌手。(是工程師。)

小小練習一下！

A：_____は_____でしたか。

B-1：はい、_____は_____でした。

B-2：いいえ、_____は_____ではありませんでした。
　　　(_____です。)

A：那裡以前是百貨公司嗎？

B-1：是，那裡以前是百貨公司。

B-2：不，那裡以前不是百貨公司。(是超市。)

(答案)

そこ、デパート、そこ、デパート、そこ、デパート、スーパーマーケット

◆名詞單字 II

◆與物品有關

衣物 & 飾品	
日文	中文
服 ふく	衣服
和服 わふく	和服
洋服 ようふく	西服
背広 せびろ	西裝
着物 きもの	衣服；和服
帽子 ぼうし	帽子
上着 うわぎ	上衣、外衣
下着 したぎ	內衣
手袋 てぶくろ	手套
眼鏡 めがね	眼鏡
靴下 くつした	襪子
靴 くつ	鞋子
鞄 かばん	包包
財布 さいふ	錢包

時計 とけい	鐘錶
スーツ	成套西服
ジャケット	夾克
セーター	毛衣
コート	大衣、上衣
シャツ	襯衫
T シャツ	T恤
ワイシャツ	白襯衫
ドレス	洋装
イヤリング	耳環
ベルト	皮帶
ネクタイ	領帶
サングラス	太陽眼鏡
ズボン	長褲、西装褲
半ズボン はんズボン	短褲
スカート	裙子
サンダル	涼鞋

スリッパ	拖鞋
ボタン	鈕扣

補充 它們哪裡不同？

ピアス｜イヤリング

我們選購耳環時，會看到有**ピアス**和**イヤリング**兩種。到底這兩種耳環的分別在哪呢？

①**ピアス**：是指打洞穿戴的飾物，不一定是戴在耳上的，例如有**ヘソピアス** 臍環、**鼻ピアス** 鼻環、**舌ピアス** 舌環等等⋯凡是能在身上打洞穿戴的我們都可以稱為**ピアス**。

②**イヤリング**：不用穿洞的耳環，包括螺旋夾式、夾扣式或磁鐵式。而且**イヤリング**不適合用於配戴在耳朵以外的地方。

事務用品	
日文	中文
鉛筆 えんぴつ	鉛筆
消しゴム けしゴム	橡皮擦
修正液 しゅうせいえき	修正液
修正テープ しゅうせいテープ	修正帶
糊 のり	漿糊
はさみ	剪刀

筆箱 <ruby>ふでばこ<rt></rt></ruby>ふでばこ	鉛筆盒
万年筆 <ruby>まんねんひつ<rt></rt></ruby>まんねんひつ	鋼筆
紙 <ruby>かみ<rt></rt></ruby>かみ	紙張
計算機 <ruby>けいさんき<rt></rt></ruby>けいさんき	計算機
切手 <ruby>きって<rt></rt></ruby>きって	郵票
本 <ruby>ほん<rt></rt></ruby>ほん	書
葉書 <ruby>はがき<rt></rt></ruby>はがき	明信片
辞書 <ruby>じしょ<rt></rt></ruby>じしょ	字典
新聞 <ruby>しんぶん<rt></rt></ruby>しんぶん	報紙
封筒 <ruby>ふうとう<rt></rt></ruby>ふうとう	信封
ノート	筆記本
シャープペンシル	自動鉛筆
ボールペン	原子筆
パンチ	打孔機
ホッチキス	釘書機

電器用品	
日文	中文
掃除機 <ruby>そうじき<rt></rt></ruby>そうじき	吸塵器

電話でんわ	電話
携帯電話 けいたいでんわ	手機
扇風機 せんぷうき	電風扇
洗濯機 せんたくき	洗衣機
電子辞書 でんしじしょ	電子字典
テレビ	電視
ビデオカメラ	攝影機
ラジオ	收音機
コンピューター	電腦
ステレオ	音響
スマートフォン	智慧型手機
ドライヤー	吹風機
エアコン	空調
クーラー	冷氣
アイロン	電熨斗

房屋設備（家具物品）	
日文	中文
椅子いす	椅子

机 つくえ	桌子
押し入れ おしいれ	壁櫥
本棚 ほんだな	書架（櫃）
窓 まど	窗戶
花瓶 かびん	花瓶
荷物 にもつ	行李
ドア	門
テーブル	桌子
ベッド	床
ストーブ	暖爐
テープレコーダー	錄音機
テープ	錄音帶；膠帶
フィルム	膠卷；軟片

廚房用具、餐具	
日文	中文
箸 はし	筷子
包丁 ほうちょう	菜刀
まな板 まないた	切菜板

割りばし わりばし	免洗筷
しゃもじ	飯勺、勺子
おたま	大湯勺
炊飯器 すいはんき	電鍋
冷蔵庫 れいぞうこ	冰箱
スプーン	湯匙
フォーク	叉子
ナイフ	刀子
コップ	杯子
ザル	濾網；洗菜籃
ボウル	洗菜盆；打蛋盆
ヘラ	木鏟；鍋鏟
キッチンペーパー	廚房紙巾
電子レンジ でんしレンジ	微波爐
オーブントースター	烤箱
ガスコンロ	瓦斯爐

水果	
日文	中文
果物 くだもの	水果
いちご	草莓
柿 かき	柿子
柑橘 かんきつ	柑橘
西瓜 すいか	西瓜
李 すもも	李子
西洋梨 せいようなし	西洋梨
梨 なし	梨子
葡萄 ぶどう	葡萄
枇杷 びわ	枇杷
蜜柑 みかん	橘子
柚 ゆず	日本柚子
桃 もも	桃子
りんご	蘋果
レモン	檸檬
メロン	哈密瓜

マンゴー	芒果
ブルーベリー	藍莓
バナナ	香蕉
パパイア	木瓜
パイナップル	鳳梨
オレンジ	柳橙
グレープフルーツ	葡萄柚

蔬菜	
日文	中文
野菜 やさい	蔬菜
枝豆 えだまめ	毛豆
榎茸 えのきたけ	金針菇
かぼちゃ	南瓜
きゅうり	小黃瓜
小松菜 こまつな	小松菜
ごぼう	牛蒡
さつまいも	地瓜
しいたけ	香菇

じゃがいも	馬鈴薯
大根 だいこん	白蘿蔔
玉ねぎ たまねぎ	洋蔥
人参 にんじん	紅蘿蔔
白菜 はくさい	白菜
葱 ねぎ	蔥
にんにく	大蒜
生姜 しょうが	薑
ほうれん草 ほうれんそう	菠菜
もやし	綠豆芽
レタス	萵苣
ピーマン	青椒
トマト	番茄
キャベツ	高麗菜
セロリ	芹菜
ブロッコリー	綠花椰菜

魚、肉類	
日文	中文
肉 にく	肉
鶏肉 とりにく	雞肉
鶏もも肉 とりももにく	雞腿肉
鶏むね肉 とりむねにく	雞胸肉
手羽先 てばさき	雞翅
牛肉 ぎゅうにく	牛肉
豚肉 ぶたにく	豬肉
魚 さかな	魚
蟹 かに	螃蟹
えび	蝦子
烏賊 いか	烏賊
たこ	章魚
蛤 はまぐり	蛤蜊
かき	牡蠣
ソーセージ	香腸
ウインナー	小香腸

ホットドッグ	熱狗
ハム	火腿

和牛（わぎゅう）｜国産牛（こくさんぎゅう）

在日本販售的牛肉被分類成「和牛（わぎゅう）」、「国産牛（こくさんぎゅう）」和「輸入牛（ゆにゅうぎゅう）」三種。「和牛（わぎゅう）」是指品種，而「国産牛（こくさんぎゅう）」和「輸入牛（ゆにゅうぎゅう）」則是表示產地。

「和牛（わぎゅう）」的品種包括「黑毛和種」、「褐色和種」、「日本短角種」、「無角和種」外，這四種相互雜交的品種也屬於和牛，並不會受到產地的影響。因此在美國、澳洲等地所生產的，我們稱為「外國產和牛」。

其他食品	
日文	**中文**
食べ物（たべもの） たべもの	食物
飲み物（のみもの） のみもの	飲料
お茶（おちゃ） おちゃ	茶
紅茶（こうちゃ） こうちゃ	紅茶
抹茶（まっちゃ） まっちゃ	抹茶
牛乳（ぎゅうにゅう） ぎゅうにゅう	牛奶
水（みず） みず	水
砂糖（さとう） さとう	砂糖

醬油 しょうゆ	醬油
卵／玉子 たまご	蛋
ご飯 ごはん	白飯；餐
朝ご飯 あさごはん	早餐
昼ご飯 ひるごはん	午餐
晩ご飯 ばんごはん	晚餐
パン	麵包
ジュース	果汁
ミルク	牛奶
ハンバーガー	漢堡
ステーキ	牛排

補充 **它們哪裡不同？**

焼き鳥｜やきとり

嚴格區分的話，「焼き鳥」是指將雞肉沾上醬汁或是撒上鹽巴後燒烤的食物。但食材不拘限於雞肉，像是用麻雀或鵪鶉等燒烤而成的也稱為「焼き鳥」。那麼「やきとり」指的又是什麼呢？是指將雞肉，或是鳥、牛、豬等內臟串起燒烤的食物。雖在用法上有此區別，但現在大多已經混合使用了。

指示代名詞 (物品)				
説明	離説話者近	離聽話者近	離説、聽話者遠	説話者不知道
物・事	これ	それ	あれ	どれ
物・事	この＋名詞	その＋名詞	あの＋名詞	どの＋名詞

◇句型

▪ **[これ／それ／あれ] は [名詞] です。**

> [這／那／那 (遠)] 是 [名詞]。

例 **これは鞄です。**
かばん

這是包包。

例 **それはりんごです。**

那是蘋果。

例 **あれはテレビです。**

那是電視。

小‧小‧練習一下！

1. _____は_____です。

這是大衣。

2. _____は_____です。

那是 (離聽話者近) 香蕉。

3. _____は_____です。

那是 (離說話、聽話者遠) 電腦。

(答案)

1. これ、コート

2. それ、バナナ

3. あれ、コンピュータ

- **[これ／それ／あれ] は [名詞] じゃ（では）ありません。**

[這／那／那 (遠)] 不是 [名詞]。

例 **これはスカート**じゃありません。

這不是裙子。

例 **それはメロン**じゃありません。

那不是哈密瓜。

例 **あれは鉛筆**じゃありません。

那不是鉛筆。

▪ [これ／それ／あれ] は [名詞] ですか。

[這／那／那 (遠)] 是 [名詞] 嗎？

はい、[これ／それ／あれ] は [名詞] です。(肯定回答)

いいえ、[これ／それ／あれ] は [名詞] ではありません。(否定回答)

例

これは本棚ですか。

這是書櫃嗎？

はい、それは本棚です。

是的，那是書櫃。

例

あれはほうれん草ですか。

那是 (遠) 菠菜嗎？

いいえ、あれはほうれん草じゃありません。

不，那不是菠菜。* 如知道答案可補充回答→小松菜です。（是小松菜。）

小小練習一下！

1. _____は_____です。

這是番茄。

2. _____は_____じゃありません。

那不是壁櫥。

3.

_____は_____ですか。

はい、_____は_____です。

那 (遠) 是門嗎？

是，那是門。

4.

_____は_____ですか。

いいえ、_____は_____じゃありません。_____です。

這是自動鉛筆嗎？

不是，那不是自動鉛筆。是原子筆。

◆名詞單字Ⅲ

◆與場所有關

日文	中文
銀行 ぎんこう	銀行
郵便局 ゆうびんきょく	郵局
薬屋／薬局 くすりや／やっきょく	藥局
病院 びょういん	醫院
会社 かいしゃ	公司
受付 うけつけ	櫃台
交番 こうばん	派出所
喫茶店 きっさてん	咖啡廳
食堂 しょくどう	餐廳
映画館 えいがかん	電影院
図書館 としょかん	圖書館
教室 きょうしつ	教室
本屋 ほんや	書店
花屋 はなや	花店

家 うち	家
居間 いま	起居室；客廳
応接間 おうせつま	客廳
台所 だいどころ	廚房
学校 がっこう	學校
大学 だいがく	大學
お手洗い おてあらい	廁所
博物館 はくぶつかん	博物館
公園 こうえん	公園
大使館 たいしかん	大使館
町 まち	城鎮
駅 えき	車站
建物 たてもの	建築物
出口 でぐち	出口
入口 いりぐち	入口
八百屋 やおや	蔬菜店
売り場 うりば	賣場

動物園 どうぶつえん	動物園
池 いけ	池塘
ホテル	飯店
スーパー	超市
カフェ	咖啡廳
レストラン	餐廳
デパート	百貨公司
ケーキ屋 ケーキや	蛋糕店
ラーメン屋 ラーメンや	拉麵店
カレー屋 カレーや	咖哩店
コンビニ	便利商店
アパート	公寓
トイレ	廁所
プール	游泳池

它們哪裡不同？

喫茶店 | カフェ

兩者的差異在於營業許可證。申請食品營業許可時，如取得的是飲食店的營業許可就是「**カフェ**」，而取得**喫茶店**營業許可的就是「**喫茶店**」。相較於飲食店營業許可，**喫茶店**營業許可較易取得，而且如果只有**喫茶店**營業許可的話，是無法販售酒精類飲料，並且只能提供給顧客簡單加熱的菜餚。

◆方位

日文	中文
上 うえ	上面
下 した	下面
左 ひだり	左邊
右 みぎ	右邊
中 なか	中間
前 まえ	前面
後ろ うしろ	後面
東 ひがし	東
西 にし	西
南 みなみ	南

北 <ruby>北<rt>きた</rt></ruby> きた	北
内 <ruby>内<rt>うち</rt></ruby> うち	裡面
外 <ruby>外<rt>そと</rt></ruby> そと	外面
辺 <ruby>辺<rt>へん</rt></ruby> へん	附近、一帶
隣 <ruby>隣<rt>となり</rt></ruby> となり	隔壁
横 <ruby>横<rt>よこ</rt></ruby> よこ	隔壁、旁邊
傍 <ruby>傍<rt>そば</rt></ruby> そば	旁邊
周り <ruby>周り<rt>まわ</rt></ruby> まわり	周圍、周遭
向こう <ruby>向こう<rt>む</rt></ruby> むこう	對面、前方、對方
縦 <ruby>縦<rt>たて</rt></ruby> たて	直、縦
横 <ruby>横<rt>よこ</rt></ruby> よこ	横
方位 <ruby>方位<rt>ほう い</rt></ruby> ほうい	方向、方位
近く <ruby>近く<rt>ちか</rt></ruby> ちかく	附近

指示代名詞 (場所)				
説明	離説話者近	離聽話者近	離説、聽話者遠	説話者不知道
場所	ここ	そこ	あそこ	どこ
場所・方向	こちら／こっち	そちら／そっち	あちら／あっち	どちら／どっち

◇句型

- ここ（こちら）
  そこ（そちら）　　は [地方] です。
  あそこ（あちら）

這裡／那裡／那裡 (遠) 是 [地方]。

例 ここは教室（きょうしつ）です。
這裡是教室。

例 そちらはトイレです。
那邊是廁所。

小小練習一下！

1.＿＿＿＿は＿＿＿＿です。
那裡是博物館。

2.＿＿＿＿は＿＿＿＿です。
這邊是電影院。

（答案）
1. そこ、博物館（はくぶつかん）　2. こちら、映画館（えいがかん）

ここ（こちら）
- ### そこ（そちら）　　は [地方] じゃ（では）ありません。
あそこ（あちら）

這裡／那裡／那裡（遠）不是 [地方]。

例 ここは<ruby>会社<rt>かいしゃ</rt></ruby>じゃありません。

這裡不是公司。

例 あちらは<ruby>公園<rt>こうえん</rt></ruby>じゃありません。

那邊（遠）不是公園。

小·小·練習一下！

1.＿＿＿＿＿は＿＿＿＿＿じゃありません。

這裡不是游泳池。

2.＿＿＿＿＿は＿＿＿＿＿じゃありません。

那邊不是入口。

（答案）

1. ここ、プール
2. そちら、<ruby>入口<rt>いりぐち</rt></ruby>

ここ（こちら）
- ### そこ（そちら）　　は [地方] ですか。
あそこ（あちら）

這裡／那裡／那裡（遠）是 [地方] 嗎？

はい、そうです。（肯定回答）

いいえ、<ruby>違<rt>ちが</rt></ruby>います。[地方] です。（否定回答）

48

例
そこは図書館ですか。

那裡是圖書館嗎？

はい、そうです。

是的，沒錯。

例
あちらは郵便局ですか。

那邊（遠）是郵局嗎？

いいえ、違います。病院です。

不，不是。是醫院。

小·小·練習一下！

1.

_____は_____ですか。

はい、そうです。

這裡是超市嗎？

是的，沒錯。

2.

_____は_____ですか。

いいえ、違います。_____です。

那裡（遠）是公園嗎？

不，不是。是大學。

（答案）

1. ここ、スーパー
2. あそこ、公園、大学

◆名詞單字Ⅳ

◆與植物有關（沒有生命）

日文	中文
花 はな	花
木 き	樹木
草 くさ	草
松 まつ	松樹
竹 たけ	竹子
紅葉 もみじ	楓葉；紅葉
菊 きく	菊花
ばら	玫瑰
カーネーション	康乃馨
桜 さくら	櫻花
梅 うめ	梅花

◆與動物有關(有生命)

日文	中文
動物 どうぶつ	動物
犬 いぬ	狗
猫 ねこ	貓
豚 ぶた	豬
牛 うし	牛
鶏 にわとり	雞
鳥 とり	鳥
兎 うさぎ	兔子
魚 さかな	魚
蟹 かに	螃蟹
亀 かめ	烏龜
ペット	寵物

1.「あります」與「います」的用法

(1)「**あります**」用來表示沒有生命的東西的存在。像是物品、植物等。

例

木<ruby>き</ruby>があります。 有樹木。

鉛筆<ruby>えんぴつ</ruby>があります。 有鉛筆。

(2)「**います**」是用來表示有生命的東西的存在。像是人、動物等。

例

先生<ruby>せんせい</ruby>がいます。 有老師。

犬<ruby>いぬ</ruby>がいます。 有狗。

例外：

植物：植物雖然是有生命，但因為不會移動，看起來就和無生命的東西一樣，所以使用「**あります**」。

幽靈妖怪：幽靈妖怪理論是沒有生命的，但因為跟人類的形體相像，像是有生命的東西，所以使用「**います**」。

2.「あります」與「います」的時態

	非過去式	過去式
肯定	あります	ありました
	います	いました
否定	ありません	ありませんでした
	いません	いませんでした

◇句型

▪ [名詞①]の[位置]に[名詞②]があります。

> 在[名詞①]的[位置]有[名詞②]。

*[名詞①]可以是地方，也可以是物品。「あります」用來表示沒有生命的東西的存在。

例 コンビニの前に公園があります。
在超商前面有公園。

例 辞書の上に鉛筆があります。
在字典上面有鉛筆。

小·小·練習一下！

1.＿＿＿＿＿の＿＿＿＿＿に＿＿＿＿＿があります。
在車站後面有賣場。

2.＿＿＿＿＿の＿＿＿＿＿に＿＿＿＿＿があります。
在學校裡面有超商。

（答案）
1. 駅、後ろ、売り場
2. 学校、中、コンビニ

▪ [名詞①]の[位置]に何がありますか。

> 在[名詞①]的[位置]有什麼呢？

▪ （[名詞①]の[位置]に）[名詞②]があります。

> （[名詞①]的[位置]）有[名詞②]。

*「何」疑問詞，除了可用於詢問物品的內容外，也可使用於詢問有生命的動物。

例

部屋の中に何がありますか。

在房間裡有什麼？

（部屋の中に）机があります。

(在房間裡) 有桌子。

補充

疑問詞 + も + 否定 = 全面否定

如果是要回答「什麼都沒有 (全面否定)」的話，則可以用「何もありません」。

小·小·練習一下！

A：_____の_____に何がありますか。

B-1：_____の_____に_____があります。

B-2：_____の_____に_____ありません。

A：書店的隔壁有什麼？

B-1：書店的隔壁有花店。

B-2：書店的隔壁什麼都沒有。

（答案）
本屋、隣、本屋、隣、花屋、本屋、隣、何も

▪ [名詞①] の [位置] に [名詞②] がいます。

在 [名詞①] 的 [位置] 有 [名詞②]。

*[名詞①] 可以是地方，也可以是物品。「います」用來表示有生命的人或動物的存在。

例 **教室の中に学生がいます。**

在教室裡有學生。

例 **庭の外に猫がいます。**

在庭院外面有貓。

名詞

小・小・練習一下！

1.＿＿＿＿＿の＿＿＿＿＿に＿＿＿＿＿がいます。

在林同學的旁邊有王同學。

2.＿＿＿＿＿の＿＿＿＿＿に＿＿＿＿＿がいます。

在樹下面有狗。

（答案）
1. 林さん、隣、王さん
2. 木、下、犬

- [名詞①]の[位置]に誰がいますか。

  在[名詞①]的[位置]有誰呢？

- ([名詞①]の[位置]に)[名詞(人)]がいます。

  ([名詞①]的[位置])有[名詞(人)]。

例

田中先生と王先生の間に誰がいますか。

在田中老師跟王老師之間有誰呢？

(田中先生と王先生の間に)林さんがいます。

(在田中老師跟王老師之間)有林同學。

例

受付の傍に誰がいますか。

櫃台旁邊有誰呢？

(受付の傍に)王さんがいます。

(櫃台旁邊)有王小姐。

55

1.

_____の_____に誰^{だれ}がいますか。

_____がいます。

超市前面有誰？

有爸爸。

2.

_____の_____に誰^{だれ}がいますか。

_____がいます。

老師的對面有誰？

有李同學跟王同學。

補充

名詞 1 と名詞 2 （名詞 1 和名詞 2）表事物的並列，A 和 B(全部列舉)。

例 台所^{だいどころ}にお母^{かあ}さんとお姉^{ねえ}さんがいます。

廚房有媽媽和姊姊。

- **[名詞①] の [位置] に何^{なに}がいますか。**

  在 [名詞①] 的 [位置] 有什麼 (動物) 呢？

- **（[名詞①] の [位置] に）[名詞 (動物)] がいます。**

  （[名詞①] 的 [位置]）有 [名詞 (動物)]。

* 動物是有生命的，但卻不是人，所以疑問詞不能使用「誰^{だれ}」，必須使用「何^{なに}」。

例

木の上に何がいますか。

在樹上面有什麼？

（木の上に）鳥がいます。

（在樹上面）有鳥。

例

机の下に何がいますか。

桌子下面有什麼？

（机の下に）兎がいます。

（桌子下面）有兔子。

小小練習一下！

1.

_____の_____に何がいますか。

_____がいます。

在公園外面有什麼？

在公園外面有寵物。

2.

_____の_____に何がいますか。

_____がいます。

在池塘裡有什麼？

在池塘裡有魚。

（答案）
1. 公園、外、ペット
2. 池、中、魚

◆名詞單字Ⅴ

◆與交通工具有關

日文	中文
車 くるま	車
救急車 きゅうきゅうしゃ	救護車
消防車 しょうぼうしゃ	消防車
自転車 じてんしゃ	腳踏車
電車 でんしゃ	電車
地下鉄 ちかてつ	地下鐵
飛行機 ひこうき	飛機
船 ふね	船
タクシー	計程車
バス	公共汽車
観光バス かんこうバス	遊覽車
バイク	摩托車
オートバイ	摩托車
トラック	卡車

パトカー	警車
ヘリコプター	直升機

補充 它們哪裡不同？

船 | 舟
ふね　ふね

「船」通常用來表示大型、使用動力在水上移動的交通工具，而「舟」則是指雙手划槳才能移動的交通工具。

文法先知道

「行きます／来ます／帰ります」是移動動詞。於表示「由 A 地移動到 B 地」時使用。

◇句型

▪ [地方] へ行きます／来ます／帰ります。

去／來／回 [地方]。

▪ どこへ行きます／来ます／帰りますか。

去／來／回哪裡？

例 公園へ行きます。

去公園。

例

どこへ帰りますか？
会社へ帰ります。

回哪裡？
回公司。

- **[主語] は [交通工具] で [地方] へ行きます／来ます／帰ります。**

  [主語] 用 [交通工具] 去／來／回 [地方]。

- **[主語] は何で [地方] へ行きます／来ます／帰りますか。**

  [主語] 用什麼（交通工具）去／來／回 [地方] 呢？

補充

◆「へ」是助詞，表示往某地方移動，強調方向性。「へ」也可以換成「に」，但強調的是抵達點。

◆ 助詞「で」用於表示手段或工具，這裡是指交通工具。

◆ 何與何的差別

1.「何」

(1) 詢問「數量」時，使用「何」。

(2) 後面接「た、な、だ」行的音節時，也使用「何」當疑問詞。

例

何色？ 幾個顏色？

何人？ 多少人？

2.「何」

詢問「種類、內容」。

例

何色？ 什麼顏色？

何人？ 什麼國家的人？

*「何人」不是太有禮貌的問法，最好用「どこの国の人」來問。

例 **お母さんは車で家へ帰ります。**

媽媽開車回家。

例
<ruby>妹<rt>いもうと</rt></ruby> は<ruby>何<rt>なに</rt></ruby>で<ruby>学校<rt>がっこう</rt></ruby>へ<ruby>行<rt>い</rt></ruby>きますか？
バスで（<ruby>学校<rt>がっこう</rt></ruby>へ）<ruby>行<rt>い</rt></ruby>きます。

妹妹搭什麼去學校呢？
搭公車去（學校）。

* 因後面的「で」的發音是「た、な、だ」行，故這裡的「何」也可唸「なん」。

小・小・練習一下！

1. _____ は_____ で_____ へ_____ 。
老師騎腳踏車來學校。

2.
_____ は<ruby>何<rt>なに</rt></ruby>で_____ へ_____ か？
_____ で_____ へ_____ 。

王先生搭什麼去日本呢？
搭飛機去日本。

（答案）
1. <ruby>先生<rt>せんせい</rt></ruby>、<ruby>自転車<rt>じてんしゃ</rt></ruby>、<ruby>学校<rt>がっこう</rt></ruby>、<ruby>来<rt>き</rt></ruby>ます
2. <ruby>王<rt>おう</rt></ruby>さん、<ruby>日本<rt>にほん</rt></ruby>、<ruby>行<rt>い</rt></ruby>きます、<ruby>飛行機<rt>ひこうき</rt></ruby>、<ruby>日本<rt>にほん</rt></ruby>、<ruby>行<rt>い</rt></ruby>きます

▪ [主語] は [人] と [地方] へ<ruby>行<rt>い</rt></ruby>きます／<ruby>来<rt>き</rt></ruby>ます／<ruby>帰<rt>かえ</rt></ruby>ります。

　[主語] 和 [人] 去／來／回 [地方]。

▪ [主語] は<ruby>誰<rt>だれ</rt></ruby>と [地方] へ<ruby>行<rt>い</rt></ruby>きます／<ruby>来<rt>き</rt></ruby>ます／<ruby>帰<rt>かえ</rt></ruby>りますか。

　[主語] 和誰去／來／回 [地方] 呢？

* 「人と」是「和某人」，在這裡是指和某人去／來／回某地。

例 **私は林さんと図書館へ来ます。**

我跟林同學來圖書館。

例 **妹は誰とスーパーへ行きますか。**

お母さんと（スーパーへ）行きます。

妹妹跟誰去超市呢？

跟媽媽去 (超市)。

小小練習一下！

1. _____は_____と_____へ_____。

爺爺跟奶奶去公園。

2.

_____は誰と_____へ_____か？

_____と_____。

你跟誰去餐廳呢？

跟女朋友去。

メモ

一、

（　）(1)あそこに　男の子　がいます。
　　　　①おうな　②おんな　③おとこ　④おどこ

（　）(2)つくえの　下に　ねこが　います。
　　　　①うえ　②した　③なか　④そと

（　）(3)わたしは　今年　３０さいに　なります。
　　　　① ことし　②ごとし　③こんねん　④ごんねん

（　）(4)らいしゅう　国へ　かえります。
　　　　①にく　②くに　③にぐ　④ぐに

（　）(5)わたしの　学校は　えきの　ちかくに　あります。
　　　　①がっこう　②かこう　③かっこう　④がこう

（　）(6)今日は　やすみです。
　　　　①きゅう　②きゆう　③きょう　④きよう

（　）(7)大学に　行きます。
　　　　①だいがく　②たいがく　③だいかく　④たいかく

（　）(8)電車に　のります。
　　　　①でんちゃ　②てんちゃ　③でんじゃ　④でんしゃ

（　）(9)きょうしつに　先生が　います。
　　　　①ぜんぜん　②せんせん　③せんせい　④せいせい

（　）(10)あしたは　土曜日です。
　　　　①とようび　②どようび　③どようひ　④とようひ

（　）(11)東に　うち　がある。
　　　　①ひがじ　②びがし　③びかじ　④ひがし

（　）(12)この　たてものの　南に　わたしの　いえ　があります。
　　　　①ひがし　②どう　③みなみ　④なん

（　）(13)金曜日に　ともだちの　うちへ　いきます。
　　　　①きんようび　②ぎんようび　③きいようび　④ぎいようひ

（　）(14)毎年　たくさん　がくせいが　きます。
　　　　①まいとし　②まいどし　③めいねん　④めいどし

（　）(15)きのう　ともだちと　電話で　はなしました。
　　　　①てんわ　②てんは　③でんわ　④でんは

二、

（　）(1)この　ずぼんは　みじかいです。
　　　　①ズボン　②スボン　③ヌボン　④ツボン

（　）(2)でぐちは　どこですか。
　　　　①出目　②山口　③山目　④出口

（　）(3)このかめらは　にほんで　かいました。
　　　　①カマラ　②カソラ　③カメラ　④カナラ

（　）(4)らじおを　ききます。
　　　　①フジオ　②テジオ　③ラヅオ　④ラジオ

（　）(5)この　ふくには　ぽけっとが　あります。
　　　　①ポケット　②ポケュト　③ポクット　④ポクュト

（　　）(6)あそこで　みぎに　まがります。
　　　　　①圧　②石　③左　④右

（　　）(7)きょうは　にち曜日です。
　　　　　①水　②日　③月　④火

（　　）(8)こっぷを　かいました。
　　　　　①コッペ　②コップ　③ユップ　④ユッペ

（　　）(9)ふぉーくで　くだものを　たべます。
　　　　　①ホォーワ　②フォーク　③フォーワ　④ホォーク

（　　）(10)あそこに　おとこのひとが　います。
　　　　　①果　②男　③里　④勇

答案：
一、
(1) ③ (2) ② (3) ① (4) ② (5) ① (6) ③ (7) ① (8) ④ (9) ③ (10) ② (11) ④ (12) ③ (13) ① (14) ① (15) ③
二、
(1) ① (2) ④ (3) ③ (4) ④ (5) ① (6) ④ (7) ② (8) ② (9) ② (10) ②

メモ

② 形容詞

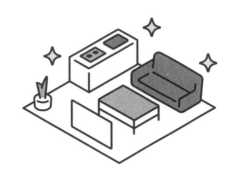

◆形容詞單字

◆い形容詞

日文	中文
大きい おおきい	大的
小さい ちいさい	小的
高い たかい	貴的；高的
安い やすい	便宜的
低い ひくい	低的
良い／良い いい／よい	好的
悪い わるい	壞的
遠い とおい	遠的
近い ちかい	近的
新しい あたらしい	新的
古い ふるい	舊的
辛い からい	辣的
甘い あまい	甜的

苦い にがい	苦的
難しい むずかしい	難的
易しい やさしい	簡單的
若い わかい	年輕的
長い ながい	長的
短い みじかい	短的
速い はやい	快的
遅い おそい	慢的
煩い うるさい	吵鬧的
明るい あかるい	明亮的、爽朗的
暗い くらい	黑暗的、陰沉的
汚い きたない	髒的
面白い おもしろい	有趣的
つまらない	無趣的
嬉しい うれしい	開心的
悲しい かなしい	悲傷的
楽しい たのしい	愉快的

寂しい さびしい	寂寞的
恐い こわい	恐怖的
暑い あつい	熱的（天氣）
寒い さむい	寒冷的（天氣）
暖かい あたたかい	溫暖的（天氣）
涼しい すずしい	涼爽的（天氣）
熱い あつい	燙的（物品）
冷たい つめたい	冰涼的（物品），也可形容個性冷淡
温かい あたたかい	溫的（物品），也可形容個性溫暖
狭い せまい	狹窄的
広い ひろい	寬敞的
忙しい いそがしい	忙碌的
かわいい	可愛的

◆ な形容詞

日文	中文
親切 しんせつ	親切
簡単 かんたん	簡單

綺^き麗^{れい} きれい	漂亮；乾淨
有^{ゆう}名^{めい} ゆうめい	有名
賑^{にぎ}やか にぎやか	熱鬧
静^{しず}か しずか	安靜
上^{じょう}手^ず じょうず	擅長
下^へ手^た へた	不擅長
好^すき すき	喜歡
嫌^{きら}い きらい	討厭
暇^{ひま} ひま	空閒

*「嫌^{きら}い」從外觀來看，完全符合い形容詞的樣子，但其實它是な形容詞喔，要注意！

另外，「綺^き麗^{れい}」如果看漢字並不會產生誤會，但這個單字卻很常只寫成假名的「きれい」，這就很有可能會把它當作是い形容詞，也是需要注意的。

文法先知道

時態變化

◆い形容詞

禮貌體			
非過去式肯定	非過去式否定	過去式肯定	過去式否定
おもしろいです	おもしろくないです	おもしろかったです	おもしろくなかったです

甘いです	甘くないです	甘かったです	甘くなかったです
やさしいです	やさしくないです	やさしかったです	やさしくなかったです
いいです	よくないです	よかったです	よくなかったです

* 「良い」在變化時態時，需以「よい」來變化。

普通體			
非過去式肯定	非過去式否定	過去式肯定	過去式否定
おもしろい	おもしろくない	おもしろかった	おもしろくなかった
甘い	甘くない	甘かった	甘くなかった
やさしい	やさしくない	やさしかった	やさしくなかった
良い／良い	よくない	よかった	よくなかった

* 「良い」在變化時態時，需以「よい」來變化。

◆ な形容詞

禮貌體			
非過去式肯定	非過去式否定	過去式肯定	過去式否定
静かです	静かではありません	静かでした	静かではありませんでした
簡単です	簡単ではありません	簡単でした	簡単ではありませんでした

好きです	好きではありません	好きでした	好きではありませんでした

普通體			
非過去式肯定	非過去式否定	過去式肯定	過去式否定
静_{しず}かだ	静_{しず}かではない	静_{しず}かだった	静_{しず}かではなかった
簡単_{かんたん}だ	簡単_{かんたん}ではない	簡単_{かんたん}だった	簡単_{かんたん}ではなかった
好_すきだ	好_すきではない	好_すきだった	好_すきではなかった

◇句型

▪ [主語] は [形容詞] です。

[主語] 是 [形容詞]。(非過去式)

(1) い形容詞

例 日本語_{にほんご}の雑誌_{ざっし}はおもしろいです。(肯定)

日文雜誌是有趣的。

例 日本語_{にほんご}の雑誌_{ざっし}はおもしろくないです。(否定)

日文雜誌是不有趣的。

(2) な形容詞

例 この川_{かわ}は綺麗_{きれい}です。(肯定)

這條河川是乾淨的。

例 この川_{かわ}は綺麗_{きれい}ではありません。(否定)

這條河川是不乾淨的。

▪ [主語] は [形容詞] です／でした。

[主語] 之前是 [形容詞]。(過去式)

(1) い形容詞

例 コーヒーは冷^{つめ}たかったです。(肯定)

咖啡之前是冰的。

例 コーヒーは冷^{つめ}たくなかったです。(否定)

咖啡之前不冰。

(2) な形容詞

例 台北^{たいぺい}は静^{しず}かでした。(肯定)

台北之前是安靜的。

例 台北^{たいぺい}は静^{しず}かではありませんでした。(否定)

台北之前不安靜。

小·小·練習一下！

1. _____は_____です。

這個包包是重的。

2. _____は_____でした。

這個鐘錶之前很漂亮。

3. _____は_____です。

老師以前不有趣。

4. _____は_____ではありませんでした。

這座建築物以前並不安全。

(答案)

1. このかばん、重^{おも}い

2. この時計^{とけい}、きれい

3. 先生^{せんせい}、おもしろくなかった

4. この建物^{たてもの}、安全^{あんぜん}

- **[主語]はどうですか／でしたか。**

[主語]如何呢？

- **[主語]は[形容詞]です／でした。**

[主語]是[形容詞]。

(1) い形容詞

例

日本_{にほん}はどうですか。

（日本_{にほん}は）寒_{さむ}いです。

日本如何呢？

（日本）是寒冷的。

(2) な形容詞

例

ピアノの先生_{せんせい}はどうですか。

（ピアノの先生_{せんせい}は）親切_{しんせつ}です。

鋼琴老師如何呢？

（鋼琴老師）是親切的。

1.

A: ＿＿＿＿＿＿＿＿はどうですか。

B: ＿＿＿＿＿＿は＿＿＿＿＿＿です。

這道咖哩飯如何？

這道咖哩是辣的。

2.

A: ＿＿＿＿＿＿＿＿はどうですか。

B: ＿＿＿＿＿＿は＿＿＿＿＿＿です。

日本語如何？

日本語是簡單的。

▪ [主語] は [形容詞][名詞] です／ではありません。

[主語] 是／不是 [形容詞][名詞]。

（1）い形容詞

例 <ruby>動物園<rt>どうぶつえん</rt></ruby>は<ruby>面白<rt>おもしろ</rt></ruby>い<ruby>所<rt>ところ</rt></ruby>です。

動物園是有趣的地方。

例 この<ruby>桜<rt>さくら</rt></ruby>は<ruby>大<rt>おお</rt></ruby>きい<ruby>木<rt>き</rt></ruby>ではありません。

這棵櫻花樹不是棵大的樹。

（2）な形容詞 * な形容詞在修飾後面名詞時，需加上「な」。

例 <ruby>王<rt>おう</rt></ruby>さんは<ruby>静<rt>しず</rt></ruby>かな<ruby>人<rt>ひと</rt></ruby>です。

王小姐是位安靜的人。

例 <ruby>田舎<rt>いなか</rt></ruby>は<ruby>賑<rt>にぎ</rt></ruby>やかな<ruby>町<rt>まち</rt></ruby>ではありません。

鄉下不是熱鬧的城鎮。

▪ [主語] は [形容詞][名詞] でした／ではありませんでした。

[主語] 之前是／不是 [形容詞][名詞]。

（1）い形容詞

例 わたしの部屋は広い部屋でした。

我的房間之前是寬敞的房間。

例 このバスは古い車ではありませんでした。

這台車以前不是舊的。

（2）な形容詞

例 これは有名な映画でした。

這部以前是有名的電影。

例 数学は簡単な科目ではありませんでした。

數學以前並不是簡單的科目。

小小練習一下！

1. _____ は _____ _____ でした。

這以前是新的腳踏車。

2. _____ は _____ _____ でした。

網球是以前喜歡的運動。

3. _____ は _____ _____ ではありませんでした。

壽喜燒以前並不是貴的料理。

4. _____ は _____ _____ ではありませんでした。

媽媽以前不是個親切的老師。

▪ [主語] はどんな [名詞] ですか／でしたか。

[主語] 是怎樣的 [名詞] 呢？

▪ [主語] は [形容詞][名詞] です／でした。

[主語] 是 [形容詞][名詞]。

（1）い形容詞

例

お爺さんはどんな人でしたか。
お爺さんは面白い人でした。

爺爺以前是一位怎樣的人呢？
爺爺以前是一位有趣的人。

（2）な形容詞

例

日本はどんな国ですか。
日本は安全な国です。

日本是一個怎樣的國家呢？
日本是一個安全的國家。

小·小·練·習·一·下！

1.

_____はどんな_____ですか。

_____は_____ _____です。

泰國菜是怎樣的菜呢？
泰國菜是辣的菜。

2.

_____はどんな_____でしたか。

_____は_____ _____でした。

他之前是怎樣的人呢？
他以前是英俊的人。

（答案）
1. タイ料理、料理、タイ料理、辛い、料理
2. 彼、人、彼、ハンサムな、人

綜合題目演練

い形容詞

（　）(1)この　へやは　まどが_____、くらいです。
　　　　①すくなくて　②すくなかった　③すくないで　④すくない

（　）(2)昨日は_____ですが、今日は　暖かくないです。
　　　　①暖かい　②暖かくない　③暖かかった　④暖かいだった

（　）(3)去年の　いまごろは　仕事が　すくなくて　いそがしく_____
　　　です。
　　　　①ではなかった　②なかった　③だった　④じゃない

（　）(4)コーヒーに　さとうを　いれて、_____しました。
　　　　①あまい　②あまくて　③あまかった　④あまく

（　）(5)そのとき、そばに　だれも　いなくて、とても_____です。
　　　　①寂しいだ　②寂しくない　③寂しいだった　④寂しかった

（　）(6)駅に_____ところに　引っ越しました。
　　　　①ちかく　②ちかい　③ちかいの　④ちかいな

（　）(7)値段が　少し_____ですが、大好きな　ものですから、買いました。
　　　　①たかい　②やすい　③たかいから　④やすいから

（　）(8)今年の　Ｎ５の試験は　たぶん_____だろう。
　　　　①やさしいです　②やさしく　③やさしくの　④やさしい

（　）(9)以前　わたしの　いえは_____です。今年は　ひろい　いえを
　　　買いました。
　　　　①せまくだった　②せまかった　③せまくて　④せまいではない

（　）⑽＿＿＿＿問題ですが、よく　できました。
　　　　①むずかしい　②やさしいの　③むずかしくの　④やさしくの

な形容詞

（　）(1)ゆうべは　にぎやか＿＿＿＿パーティーを　して　楽しかったです。
　　　　①で　②な　③の　④にの

（　）(2)あの　ころは　わたしの　日本語は　へた＿＿＿＿が、今は　少し　じょうずに　なった。
　　　　①なかった　②ではなくて　③ではなかった　④だった

（　）(3)ここは＿＿＿＿、広い　公園なので、来る　人が　おおいです。
　　　　①静かだから　②静かに　③静かでなく　④静かで

（　）(4)こどもの　ころは　体が　じょうぶ＿＿＿＿。
　　　　①だっただ　②でしたのだ　③でした　④ではだった

（　）(5)この　店には　いろいろ＿＿＿＿ものが　あります。
　　　　①では　②だ　③な　④に

（　）(6)からだは　じょうぶ＿＿＿＿が、ときどき　かぜを　ひきます。
　　　　①ではない　②ですない　③だから　④です

（　）(7)あしたは　ひま＿＿＿＿から、あそびに　いきません。
　　　　①ないです　②ありません　③なではな　④ではありません

（　）(8)テーブルを＿＿＿＿して　から　食事を　しましょう。
　　　　①きれいに　②きれいで　③きれいの　④きれいになる

（　）(9)A：その　歌が　好きですか。
　　　　B：昔は＿＿＿＿が、今は　大好きに　なりました。
　　　　①好きでした　②好きではありません　③好きになりません
　　　　④好きではありませんでした

（　）⑽ A：彼女は　魚を　あまり食べなかったね。

B：ええ、たぶん_____。

①きらいだからでしょう　②すきでしょう　③からいですか

④すきですからだろう

答案：

一、い形容詞

(1) ① (2) ③ (3) ② (4) ④ (5) ④ (6) ② (7) ① (8) ④ (9) ② (10) ①

二、な形容詞

(1) ② (2) ④ (3) ④ (4) ③ (5) ③ (6) ④ (7) ④ (8) ① (9) ④ (10) ①

3 動詞

文法先知道

一、認識動詞，動詞的分類：

動詞主要分成三類，

第一類動詞
i 段音ます：當「ます」前面的音是 i 段音，那麼就是一類動詞。特殊形除外。

第二類動詞
e 段音ます：當「ます」前面的音是 e 段音，那麼就是二類動詞。但也會有一些看起來像是一類的動詞屬於二類。

第三類動詞
「来_きます、します、N＋します」。

動詞分類：

	あ行	か行	さ行	た行	な行	は行	ま行	ら行	わ行
	あ	か	さ	た	な	は	ま	ら	わ
イ - ます 動詞 I	い	き	し	ち	に	ひ	み	り	い
	う	く	す	つ	ぬ	ふ	む	る	う
エ - ます 動詞 II*	え	け	せ	て	ね	へ	め	れ	え
	お	こ	そ	と	の	ほ	も	ろ	お

動詞 III
来ます
します
N＋します

* 動詞 II 除了「エ - ます」的分類方法外，還有一些特殊的動詞 II。可參考下面單字表。

◆動詞單字

◆第一類動詞

日文	中文
働きます はたらきます	工作
行きます いきます	去
帰ります かえります	回去
飲みます のみます	喝
読みます よみます	閱讀
買います かいます	購買
聞きます ききます	聽；問
書きます かきます	寫
撮ります とります	拍攝

会います あいます	見面
吸います すいます	吸（抽）
切ります きります	切、割
終わります おわります	結束
習います ならいます	學習
貸します かします	借出
貰います もらいます	收到
笑います わらいます	笑
渡します わたします	交付
叱ります しかります	責備
歌います うたいます	唱（歌）
踊ります おどります	跳（舞）
弾きます ひきます	彈（鋼琴、吉他）
泣きます なきます	哭泣
怒ります おこります	憤怒
言います いいます	説
話します はなします	説話

<ruby>立<rt>た</rt></ruby>ちます たちます	站立
<ruby>座<rt>すわ</rt></ruby>ります すわります	坐
<ruby>出<rt>だ</rt></ruby>します だします	提出、交出
<ruby>住<rt>す</rt></ruby>みます すみます	住
<ruby>作<rt>つく</rt></ruby>ります つくります	製作
<ruby>売<rt>う</rt></ruby>ります うります	販售
<ruby>使<rt>つか</rt></ruby>います つかいます	使用
<ruby>遊<rt>あそ</rt></ruby>びます あそびます	玩樂
かかります	花（錢、時間）
<ruby>急<rt>いそ</rt></ruby>ぎます いそぎます	急；快走
<ruby>消<rt>け</rt></ruby>します けします	關（電燈）

◆第二類動詞

日文	中文
<ruby>寝<rt>ね</rt></ruby>ます ねます	睡覺
<ruby>食<rt>た</rt></ruby>べます たべます	吃
<ruby>見<rt>み</rt></ruby>せます みせます	讓別人看
<ruby>出<rt>で</rt></ruby>かけます でかけます	外出

掛^かけます かけます	打（電話）
始^{はじ}めます はじめます	開始
教^{おし}えます おしえます	教
あげます	給
入^いれます いれます	放入
勤^{つと}めます つとめます	工作
開^あけます あけます	打開
閉^しめます しめます	關上
点^つけます つけます	開（電燈）

第二類動詞特殊	
日文	中文
起^おきます おきます	起床
見^みます みます	看
（シャワーを）浴^あびます （シャワーを）あびます	淋（浴）
借^かります かります	借入
足^たります たります	足夠
生^いきます いきます	活著
できます	能夠、會

います	在；有
降ります おります	降落；下 (車)
着ます きます	穿

補充

◆「働きます」和「勤めます」都有工作的意思，但使用上還是有些許的不同。「働きます」指動身體或是頭腦。「勤めます」則是為了賺錢而隸屬某組織團體，從事某些特定工作。

例

(A) わたしは 牧場で働きます。(O)

我在牧場工作。

(B) わたしは 牧場に勤めます。(X)

因為牧場並不屬於某一特定組織團體，所以不適用「勤めます」。

例

(A) わたしは 郵便局で働きます。

我在郵局工作。(可能是清潔人員、保全人員等)

(B) わたしは 郵便局に勤めます。

我任職於郵局。(隸屬於郵局，且從事郵局內部相關業務)

◆第三類動詞

日文	中文
勉強します べんきょうします	讀書
食事します しょくじします	用餐

します	做；從事 (運動)
来ます きます	來
練習します れんしゅうします	練習
復習します ふくしゅうします	複習
結婚します けっこんします	結婚

◆與時間有關

日文	中文
おととい	前天
きのう	昨天
きょう	今天
あした	明天
あさって	後天
先週 せんしゅう	上星期
今週 こんしゅう	這星期
来週 らいしゅう	下星期
先月 せんげつ	上個月
今月 こんげつ	這個月

来月 らいげつ	下個月
去年 きょねん	去年
今年 ことし	今年
来年 らいねん	明年
毎日 まいにち	毎天
毎週 まいしゅう	毎週
今朝 けさ	今天早上
今晩 こんばん	今天晚上
昨日の夜 きのうのよる	昨天晚上
誕生日 たんじょうび	生日
日曜日 にちようび	星期日
月曜日 げつようび	星期一
火曜日 かようび	星期二
水曜日 すいようび	星期三
木曜日 もくようび	星期四
金曜日 きんようび	星期五
土曜日 どようび	星期六

二、動詞時態：

動詞ます形

前面我們介紹過名詞以及形容詞的時態變化，下面要進入動詞的時態變化。

非過去式 （現在、未來、習慣*）		過去式	
肯定	否定	肯定	否定
買います	買いません	買いました	買いませんでした
食べます	食べません	食べました	食べませんでした
勉強します	勉強しません	勉強しました	勉強しませんでした

* 動詞的時態可以分成非過去式，以及過去式。而非過去式除了用來表示現在和未來發生的動作外，如果是習慣從事的動作 (每朝、每晩、每日、每週…) 或是有週期性的（週に二回、月に一回…) 都使用非過去式的動詞。

◇句型

▪ [名詞]を[動詞]。

*「を」助詞，放在動詞所作用的對象後面。

例 宿題を書きます。
寫功課。

例 晩御飯を食べます。
吃晚餐。

（例）日本語を勉強します。

學習日文。

▪ 時間 (に)[名詞] を [動詞ます]。

(非過去式肯定)

（例）あしたの朝9時に日本語を勉強します。

明天早上 9 點要讀日文。

▪ 時間 (に)[名詞] を [動詞ません]。

(非過去式否定)

（例）来週テニスをしません。

下星期沒有要打網球。

▪ 時間 (に)[名詞] を [動詞ました]。

(過去式肯定)

（例）去年三月に家を買いました。

去年三月買了房子。

▪ 時間 (に)[名詞] を [動詞ませんでした]。

(過去式否定)

（例）昨日晩御飯を作りませんでした。

昨天沒有煮晚餐。

▪ 時間に

不是所有的時間後面都需要加「に」，說明如下：

1. 不加「に」的時間詞

經常是跟「現在」有關且不帶數目字的語詞。

例 きょう、きのう、あした、あさって、おととい、本日、今朝、今晩、昨晩、今、さっき、いつ、今週、来週、先週、今月、来月、先月、いつも…。

2. 加「に」的時間詞

與「現在」無關，在時序中，特定日期、時代等語詞。

例 １２時に、５時半、十日に、一月に、2008年に、休日に、ゴールデンウイークに、明治時代に…。

3. 有時加「に」，有時不加「に」的時間詞

同時具有上面兩種性質的時間詞，以星期來說，就像中文的「星期一(二、三…)」是有順序排列的語詞。

例 正月、春、夏、年末、午前、午後、夕方、夜、月曜日、火曜日、〜とき、〜ごろ、まえ…。

上面這些語詞的後面可以加「に」，也可以不加「に」。

◆動詞「て形」變化

動詞Ⅰ	
ます形	て形
いいます	いって
たちます	たって
かえります	かえって
よみます	よんで

あそびます	あそ**ん**で
しにます	し**ん**で
かきます	か**い**て
ぬぎます	ぬ**い**で
*いきます	*い**っ**て
はなします	はな**し**て

動詞 II	
ます形	て形
みます	みて
たべます	たべて

動詞 III	
ます形	て形
きます	きて
します	して

小小練習一下!

例 かきます（かいて）

1. はなします（　　　　　　）

2. かります（　　　　　　）

3. のります（　　　　　　）

4. あけます（　　　　　　）

5. います（　　　　　）

6. およぎます（　　　　　　）

7. 起きます（　　　　　）

8. 行きます（　　　　　）

9. 勉強します（　　　　　　）

10. 来ます（　　　　　）

（答案）

1. はなして　2. かりて　3. のって　4. あけて　5. いて　6. およいで

7. 起きて　8. 行って　9. 勉強して　10. 来て

◇句型

▪ Vて、〜。

連續敍述數個動作時，可使用動詞て形連接。另也可用於表達事物順序的時候。
非過去式或者是過去式皆可使用。

例 毎朝6時に起きて、顔を洗って、朝ごはんを食べます。

每天早上 6 點起床，洗臉，吃早餐。

例 テストは1時に始まって、3時に終わりました。

考試在 1 點開始，3 點結束。

見ます、アルバイトします、履きます、行きます

1. 小林さんは くつを＿＿＿＿＿＿、帽子を かぶりました。
2. 新宿で 彼女と映画を＿＿＿＿＿＿、食事をしました。
3. 田中さんは 昼＿＿＿＿＿＿、よる 学校 へ行きます。
4. 図書館へ＿＿＿＿＿＿、本を借りました。

（答案）

1. 履いて 2. 見て 3. アルバイトして 4. 行って

・〜V てください。

請〔做〕〜。

例 ケーキを食べてください。

請吃蛋糕。

例 名前と住所を書いてください。

請寫名字跟地址。

1. まどを＿＿＿＿＿＿（あけます）ください。
2. 部屋を＿＿＿＿＿＿（掃除します）ください。
3. レポートを＿＿＿＿＿＿（だします）ください。
4. コーヒーを＿＿＿＿＿＿（飲みます）ください。

（答案）

1. あけて
2. 掃除して
3. だして
4. 飲んで

▪ 〜てはいけません。

不可以〔做〕〜。

例 高校生はタバコを吸ってはいけません。

高中生不可以抽菸。

例 ここに車を止めてはいけません。

這裡不可以停車。

小·小·練習一下！

例 電車で飲食します。→電車で飲食してはいけません。

1. 図書館で大きな声で話します。→＿＿＿＿＿＿＿＿＿＿＿＿＿＿

2. ピーマンを残します。→＿＿＿＿＿＿＿＿＿＿＿＿＿＿＿＿

3. 壁に絵をかきます。→＿＿＿＿＿＿＿＿＿＿＿＿＿＿＿＿

4. この川で泳ぎます。→＿＿＿＿＿＿＿＿＿＿＿＿＿＿＿＿

（答案）
1. 図書館で大きな声で話してはいけません。
2. ピーマンを残してはいけません。
3. 壁に絵をかいてはいけません。
4. この川で泳いではいけません。

▪ 〜てもいいです。

〔做〕〜也沒關係（也可以）。

例 子供は入ってもいいです。

小朋友進來也沒關係。

例 このケーキを食べてもいいです。

這塊蛋糕吃掉也沒關係喔！

1. 今日は休みですから、12時まで＿＿＿＿＿＿＿＿（寝ます）。
2. この傘を＿＿＿＿＿＿＿＿（使います）。
3. ここに＿＿＿＿＿＿＿＿（座ります）。

（答案）
1. 寝てもいいです
2. 使ってもいいです
3. 座ってもいいです

◆ 動詞「ない形」變化

動詞 I	
ます形	ない形
いいます	いわない
たちます	たたない
かえります	かえらない
よみます	よまない
あそびます	あそばない
しにます	しなない
かきます	かかない
ぬぎます	ぬがない
*いきます	*いかない
はなします	はなさない

動詞 II	
ます形	ない形
み<u>ます</u>	み<u>ない</u>
たべ<u>ます</u>	たべ<u>ない</u>

動詞 III	
ます形	ない形
きます	こない
します	しない

小・小・練習一下！

例 かきます（かかない）

1. はなします（　　　　　　）
2. かります（　　　　　　）
3. のります（　　　　　　）
4. あけます（　　　　　　）
5. います（　　　　　　）
6. およぎます（　　　　　　）
7. 起^おきます（　　　　　　）
8. 行^いきます（　　　　　　）
9. 勉強^{べんきょう}します（　　　　　　）
10. 来^きます（　　　　　　）

（答案）

1. はなさない 2. かりない 3. のらない 4. あけない 5. いない
6. およがない 7. 起^おきない 8. 行^いかない 9. 勉強^{べんきょう}しない 10. 来^こない

◇句型

■ ～ないでください。

> V ない＋でください。請不要〔做〕～。

㋑ 寒いですから、窓を開けないでください。

因為很冷，請不要開窗。

㋑ コーヒーに砂糖を入れないでください。

咖啡請不要加糖。

小·小·練習一下！

おします、かきます、つかいます、はいります

1. 図書館から借りた本ですから、名前を＿＿＿＿＿でください。

2. 熱がありますから、お風呂に＿＿＿＿＿でください。

3. このコンピュータを＿＿＿＿＿でください。

4. 危ないですから、このボタンを＿＿＿＿＿でください。

（答案）

1. かかない

2. はいらない

3. つかわない

4. おさない

■ ～なくてもいいです。

> V ない＋くてもいいです。不用〔做〕～也沒關係。

㋑ この本もう読みましたから、返さなくてもいいです。

這本書已經讀完了，不用還也沒關係。

動詞

例 スーツを着なくてもいいです。

不用穿套裝也沒關係。

小·小練習一下！

1. 今日は子供の日だから、子供がチケットを_____（買います）いいです。
2. 明日休みだから、会社へ_____（行きます）いいです。
3. 電気を_____（消します）いいです。

（答案）
1. 買わなくても
2. 行かなくても
3. 消さなくても

～なければなりません。

Ｖない＋ければなりません。不能不〔做〕～；務必要〔做〕～。

例 あした試験だから、勉強しなければなりません。

因為明天要考試，所以不能不讀書。

例 病気のとき、薬を飲まなければなりません。

生病時，一定要吃藥。

小·小練習一下！

1. 今週の日曜日、学校へ_____（行きます）。
2. 明日は彼女の誕生日、プレゼントを_____（買います）。
3. 来週、レポートを_____（出します）。

◆動詞「た形」變化

動詞Ｉ	
ます形	た形
いいます	いった
たちます	たった
かえります	かえった
よみます	よんだ
あそびます	あそんだ
しにます	しんだ
かきます	かいた
ぬぎます	ぬいだ
*いきます	*いった
はなします	はなした

動詞ＩＩ	
ます形	た形
みます	みた

たべます	たべた

動詞 III	
ます形	た形
きます	きた
します	した

小・小・練習一下！

例 かきます（かいた）

1. はなします（　　　　　）
2. かります（　　　　　）
3. のります（　　　　　）
4. あけます（　　　　　）
5. います（　　　　　）
6. およぎます（　　　　　）
7. 起きます（　　　　　）
8. 行きます（　　　　　）
9. 勉強します（　　　　　）
10. 来ます（　　　　　）

（答案）

1. はなした 2. かりた 3. のった 4. あけた 5. いた
6. およいだ 7. 起きた 8. 行った 9. 勉強した 10. 来た

◇句型

▪ ～たり～たりします。

1. 從多個例子舉出兩個或兩個以上的例子進行敘述，也代表還有其他動作。

例 休みの日は旅行したり、本を読んだりします。

放假時，會旅行啦，或讀書啦！

例 昨日、パーティーではみんなビールを飲んだり、おいしい物を食べたり、話したりしていました。

昨天，在派對上大家喝啤酒啦，吃美味的食物啦，或是聊聊天啦！

2. 前後為意思對立的正反動詞，表示動作、狀態的反覆。動作或狀態不分前後。「一會兒…，一會兒…」。

例 息子は、テレビをつけたり消したりしています。

兒子一會打開電視，一會兒又關上電視。

例 最近、雨が降ったり止んだりしています。

最近雨總是下下停停的。

小小練習一下！

1. 日曜日、彼女と映画を＿＿＿＿＿＿（みます）、＿＿＿＿＿＿（食事します）しました。

2. お客さんは店を＿＿＿＿＿＿（でます）、＿＿＿＿＿＿（入ります）しています。

3. 毎日、NHK ラジオニュースを＿＿＿＿＿＿（聞きます）、単語を＿＿＿＿＿＿（覚えます）しています。

(答案)
1. みたり、食事したり
2. でたり、入ったり
3. 聞いたり、覚えたり

～たほうがいいです。

應該〔做〕～比較好 (建議)。

例 友達のうちへ行く前に、電話をしたほうがいいです。

去朋友家之前，最好先打個電話。

例 健康のため、たばこをやめたほうがいいです。

為了健康，最好戒菸。

小·小·練習一下!

贈ります、連絡します、勉強します、開けます

1. 明日は期末試験だから、＿＿＿＿＿ほうがいいです。

2. 今日はバレンタインデーですから、彼女にプレゼントを＿＿＿＿＿ほうがいいです。

3. 会社を休みたいとき、上司＿＿＿＿＿ほうがいいです。

4. 窓を＿＿＿＿＿ほうがいいです。

（答案）
1. 勉強した
2. 贈った
3. 連絡した
4. 開けた

▪ 〜たことがあります／ありません。

曾經／不曾〔做〕過〜。

例 お父さんはアメリカへ行ったことがあります。

爸爸曾經去過美國。

例 わたしは相撲を見たことがありません。

我從未看過相撲。

小·小·練習一下！

1. 納豆を_____（食べます）ことがありません。

2. このジーンズは_____（洗います）ことがありません。

3. わたしはハワイへ_____（行きます）ことがありません。

4. 茶道を_____（習います）ことがありません。

（答案）
1. 食べた
2. 洗った
3. 行った
4. 習った

◆動詞「辞書形」變化

動詞 I	
ます形	辞書形
いいます	いう
たちます	たつ
かえります	かえる
よみます	よむ
あそびます	あそぶ
しにます	しぬ
かきます	かく
ぬぎます	ぬぐ
*いきます	*いく
はなします	はなす

動詞 II	
ます形	辞書形
みます	みる
たべます	たべる

動詞 III	
ます形	辞書形
きます	くる
します	する

小·小·練習一下！

例 かきます （かく）

1. はなします （　　　　　　）

2. かります （　　　　　）

3. のります （　　　　　）

4. あけます （　　　　　）

5. います （　　　　　　）

6. およぎます （　　　　　　）

7. 起きます （　　　　　）

8. 行きます （　　　　　　）

9. 勉強します （　　　　　　）

10. 来ます （　　　　　）

（答案）

1. はなす 2. かりる 3. のる 4. あける 5. いる 6. およぐ
7. 起きる 8. 行く 9. 勉強する 10. 来る

◇句型

▪ ～ことができます／できません。

可以（不可以）／會（不會）〔做〕～。

1. 表示可以（不可以）。

例 午後 3 時から、この教室を使うことができます。

下午 3 點之後，可以使用這個教室。

例 きょうは、ピアノの練習をすることができません。

今天沒辦法練習鋼琴。

2. 表示能夠（不能夠），有無能力。

例 おねえさんはドイツ語を話すことができます。

姊姊會講德文。

例 わたしは泳ぐことができません。

我不會游泳。

小·小·練習一下！句子重組

1. お父さん／できます／トラック／こと／が／は／を／運転する。

_____

2. 彼女／アラビア語／を／は／話すこと／ができます。

_____

（答案）
1. お父さんはトラックを運転することができます。
2. 彼女はアラビア語を話すことができます。

◆ 自動詞 & 他動詞

◆ 什麼是「自動詞」和「他動詞」？

1. **「自動詞」**：不需要借助受詞，動詞本身就能完整表達主語的某個動作或狀態的動詞就叫做「自動詞」。
2. **「他動詞」**：需要借助受詞才能完整表達主語的某個動作的動詞，叫做「他動詞」。

◆ 成對的自動詞 & 他動詞

自動詞		他動詞	
ドアが開く ドアがあく	門開了	ドアを開ける ドアをあける	打開門
人が集まる ひとがあつまる	人們聚集	人を集める ひとをあつめる	把人集合起來
母が起きる ははがおきる	媽媽起床	母を起こす ははをおこす	叫醒母親
財布が落ちる さいふがおちる	皮夾遺失	財布を落とす さいふをおとす	把皮夾弄丟
お金がかかる おかねがかかる	耗費錢	お金をかける おかねをかける	花錢
電気が消える でんきがきえる	電燈熄滅	電気を消す でんきをけす	把電燈關掉
電気がつく でんきがつく	電燈開著	電気をつける でんきをつける	把電燈打開

窓が閉まる まどがしまる	窗戶關著	窓を閉める まどをしめる	把窗戶關上
家が建つ いえがたつ	房子蓋好	家を建てる いえをたてる	蓋房子
車が止まる くるまがとまる	汽車停下	車を止める くるまをとめる	停車
病気が治る びょうきがなおる	病治癒了	病気を治す びょうきをなおす	治病
本が並ぶ ほんがならぶ	書排列著	本を並べる ほんをならべる	排列書籍
授業が始まる じゅぎょうがはじまる	課開始	授業を始める じゅぎょうをはじめる	開始上課
仕事が終わる しごとがおわる	工作結束	仕事を終える しごとをおえる	結束工作
富士山が見える ふじさんがみえる	能看見富士山	富士山を見る ふじさんをみる	看富士山
音楽が聞こえる おんがくがきこえる	傳來音樂	音楽を聞く おんがくをきく	聽音樂
人が車に乗る ひとがくるまにのる	乘客搭車	人を車に乗せる ひとをくるまにのせる	讓乘客搭車

本が鞄に入る ほんがかばんに はいる	書包裡放著 書	本を鞄に入れる ほんをかばんに いれる	把書裝進書 包裡

◆自動詞

例 私は毎朝プールで泳ぐ。それから、家まで歩きます。

我每天早上都會在泳池游泳，然後走路回家。

例 授業は朝9時に始まって、午後5時に終わります。

課早上9點開始，下午5點結束。

◆他動詞

例 家へ帰って、簡単にご飯を食べる。それから、1時間ぐらいテレビを見ます。

回家後，簡單吃個飯，然後看一個小時左右的電視。

例 教室に入って、電気をつけて、窓を開けます。

進到教室，打開燈，把窗戶打開。

小小練習一下！

建つ、聞こえる、落とす、治す、見る

1. 病気を（　　　　　　　）。

2. 音が（　　　　　　　）。

3. 桜を（　　　　　　　）。

4. 携帯を（　　　　　　　）。

5. デパートが（　　　　　　　）。

（答案）
1. 治す 2. 聞こえる 3. 見る
4. 落とす 5. 建つ

◆授受動詞

授受動詞	物品的轉移	動作的轉移
あげます （給）	わたしは王さんにチョコレートをあげました。 我給王小姐巧克力。	わたしは彼の部屋を掃除してあげました。 我給男友打掃房間。
もらいます （收到）	わたしは先生に辞書をもらいました。 我從老師那裡收到了字典。	おねえさんは田中さんに日本語をおしえてもらいました。 姊姊請田中小姐教她日文。
くれます （給）	母はわたしにセーターをくれました。 媽媽給我毛衣。	彼女はわたしに弁当を作ってくれました。 女朋友做了便當給我。

* 掌握主語與動詞的關係就不容易錯囉！

例 私は先生に傘を貸してもらいました。

我請老師借給我傘。私＝もらいます（我＝收到）

例 先生は私に傘を貸してくれました。

老師把傘借給了我。先生＝くれます（老師＝給）

例 私は友達に花を買ってあげました。

我給朋友買了花。私＝あげます（我＝給）

* 「～てもらいます」和「～てくれます」都有表達感謝之意，但意思上還是有點不同。

～てもらいます：拜託對方幫忙，並且謝謝對方。

～てくれます：謝謝對方主動幫忙。

小心，用錯地方感覺就大大不同囉！

例 わたしは彼氏にプレゼントを買ってもらいました。

我請男友買禮物給我。

例 彼氏はわたしにプレゼントを買ってくれました。

男友主動買禮物給我。

メモ

綜合題目演練

（　）(1)ふゆには ときどき お風呂に＿＿＿＿＿ことも あります。

　　　①はいれた　②はいらない　③いれない　④いれる

（　）(2) A: これは いい かばんですね。いつ 買いましたか。

　　　B: これは 昨日＿＿＿＿＿かばんです。

　　　①買いました　②買わなかった　③買った　④買いませんでした

（　）(3) A: これは あなた の傘ですか。

　　　B: いいえ、＿＿＿＿＿。私の傘は それです。

　　　①ちがいます　②ちがわなかったです　③ちがいました

　　　④ちがっていました

（　）(4) A: そのとき、あなたは どこに＿＿＿＿＿か。

　　　B: うちに 帰った ところでした。

　　　①いります　②います　③いりました　④いました

（　）(5) A: みかんが まだ ありますか。

　　　B: いいえ、みかんは もう＿＿＿＿＿。いちごは あります。

　　　①ありません　②あります　③なくてだった　④ないでした

（　）(6)電気が ないので、この 仕事を＿＿＿＿＿。

　　　①やりませんでした　②しないでして　③やらないでした

　　　④しませんだった

（　）(7)お兄さんは 高校の先生を＿＿＿＿＿います。

　　　①すて　②いて　③して　④できて

（　）(8)試験では よい成績を＿＿＿＿＿ので、母から プレゼントを もらい

　　　ました。

　　　①取りた　②取った　③取る　④取って

（　）(9)ゆうべ、友達と 一緒に おさけを＿＿＿＿＿、うたを うたいました。

　　　①飲むで　②飲みて　③飲んで　④飲んて

（　）⑽＿＿＿＿＿ものを 全部捨てて ください。
　　　　①要りません　②要りない　③要ない　④要らない

（　）⑾わたしの家の 隣に 高い ビルが ＿＿＿＿＿ので、部屋が 暗くなった。
　　　　①できる　②できます　③できた　④できっだ

（　）⑿けさ、なにも＿＿＿＿＿ませんでした。
　　　　①食べる　②食べり　③食べない　④食べ

（　）⒀頭が 痛かった ですから、家へ 帰って＿＿＿＿＿。
　　　　①寝ました　②寝りました　③寝るだった　④寝りなかった

（　）⒁わたしは おさけは あまり 飲み＿＿＿＿＿。
　　　　①ないです　②ません　③まないです　④なかった

（　）⒂駅で でんしゃを おりて、学校まで＿＿＿＿＿ます。
　　　　①あるい　②あるいくて　③あるく　④あるき

（　）⒃あさ、起きて シャワーで 髪を＿＿＿＿＿。
　　　　①洗わます　②洗います　③洗おます　④洗えます

（　）⒄きょうは、かぜを ひいて いるので、がっこうに＿＿＿＿＿。
　　　　①行くない　②行かない　③行きない　④行ったない

（　）⒅きのう、新宿で 恋人と 会って、映画を＿＿＿＿＿。
　　　　①見るた　②見った　③見た　④見でした

（　）⒆つくえの 上には なにも＿＿＿＿＿。
　　　　①あらに　②ありません　③ありない　④なくありません

（　）⒇こどもたちは もう 学校に＿＿＿＿＿から、うちには いません。
　　　　①行った　②行きた　③行って　④行くった

答案：

⑴ ②　⑵ ③　⑶ ①　⑷ ④　⑸ ①　⑹①　⑺ ③　⑻ ②　⑼ ③　⑽ ④

⑾ ③　⑿ ④　⒀ ①　⒁ ②　⒂ ④　⒃ ②　⒄ ②　⒅ ③　⒆ ②　⒇ ①

4 副詞

◆ 表程度的副詞

・とても

非常

例 この牛肉はとてもおいしいです。

這牛肉非常好吃。

・たいへん

非常；辛苦

例 台湾の夏はたいへん暑いです。

台灣的夏天非常地熱。

・ほんとうに

真的

例 あの映画はほんとうにおもしろかったです。

那部電影真的很有趣。

・すこし

有一點

例 このお菓子はすこし甘いです。

這個點心有一點甜。

- **ちょっと**

一下／一點／有點

例 **来週**はちょっと**忙**しいでしょう。

下星期應該會有點忙。

- **あまり～ない**

不太～

例 このカメラはあまり**新**しくないです。

這台相機不太新。

- **もっと**

更

例 もっと**勉強**したほうがいいです。

最好要更認真讀書。

◆表時間、變化、完結的副詞

- **すぐ（に）**

馬上

例 **子供**が**怪我**しました。すぐ（に）**来**てください。

小孩子受傷了，請馬上過來。

- **まだ**

還沒／還在

例 **旦那**はまだ**晩御飯**を**食**べていません。

老公還沒吃晚餐。

▪ もう

> 已經

(例)

宿題を書きましたか。

はい、もう書きました。

寫好作業了嗎？

對，已經寫好了。

◆表份量的副詞

▪ すこし

> 些許

(例) あの喫茶店ですこし休みましょう。

到那間咖啡廳稍作休息吧！

▪ ちょっと

> 一下／一點／有點

(例) ビールをちょっと飲みました。

喝了一點啤酒。

▪ たくさん

> 很多

(例) 本棚に本がたくさんあります。

書架上有很多書。

▪ おおぜい

人數眾多

例 休みの日、デパートには人がおおぜいいます。

放假日，百貨公司有很多人。

◆表次數、頻率的副詞

▪ いつも

總是，通常

例 食事の時、いつも音楽を聞きます。

用餐時，通常會聽音樂。

▪ よく

經常

例 お母さんはよく近くのスーパーで買い物します。

媽媽經常在附近的超市買東西。

▪ ときどき

偶爾（有時候）

例 わたしはときどき友達と映画を見ます。

我有時候會跟朋友看電影。

▪ また

再

例 あの店の料理はとてもおいしかった、また食べたいです。

那一家店的菜非常好吃，想再去吃。

- **もういちど**

  再一次

例 すみません。もういちど説明してください。

不好意思，請再說明一次。

◆表狀態的副詞

- **ゆっくり**

  慢慢地

例 もっとゆっくり食べなさい。

再吃慢一點！

- **まっすぐ**

  直直地

例 この道をまっすぐ行ってください。

請這一條路往前直走。

- **ちょうど**

  剛剛好

例 今、ちょうど8時です。

現在剛好 8 點整。

テスト
綜合題目演練

( ) (1) 妹は（　　　）図書館で勉強しています。

①あまり　②まっすぐ　③おおぜい　④いつも

( ) (2) A: この居酒屋いいですね。

B: ええ、安くておいしいですから、夜は（　　　）ここへ来ます。

①ゆっくり　②よく　③もう　④ほんとうに

( ) (3) 今日の授業は（　　　）終わりました。

①もって　②もう　③とても　④もういちど

( ) (4) 今日は（　　　）暑くないです。

①ちょうど　②たくさん　③あまり　④ぜんぶ

( ) (5) A: すみません。郵便局はどこですか。

B: 郵便局はこの道を（　　　）行ってください。

①まっすぐ　②おおぜい　③たいてい　④たいへん

( ) (6) A: おそくなりますよ。早く行きましょう。

B:（　　　）行きますから、ちょっと待ってください。

①すこし　②すぐに　③よく　④まっすぐ

( ) (7) 日本の旅行は楽しかったですから、（　　　）行きたいです。

①もういちど　②たぶん　③もう　④ちょうど

答案：

(1) ④ (2) ② (3) ② (4) ③ (5) ① (6) ② (7) ①

5 接續詞

◆順接

▪ そして

> 然後 (並列、列舉)

例 朝、6時に起きて、顔を洗いました。そして、コーヒーを飲みました。

早上 6 點起來，洗了臉。然後喝了咖啡。

例 先生は明るくて元気で、そして、とてもやさしい人です。

老師很開朗又有活力，然後是一位非常溫柔的人。

▪ それから

> 然後 (行為動作的先後順序)

例 はじめに名前を書いて、それから、問題の答えを書いてください。

首先，請寫上姓名，然後再寫問題的答案。

例 ケーキをお願いします。それから、コーヒーもください。

請給我蛋糕。然後也請給我咖啡。

◆逆接

• しかし

但是（承接前項，提出與前項所述內容相反或部分不同的內容）

例 物価は上がったが、しかし給料はすこしも上がらない。

物價上漲，但薪水卻一點也沒漲。

• でも

但是（多用於口語。可不承接前面事項，後項表示辯解、疑問、不滿、失望等主觀性內容）

例 このコンピュータは軽くて便利です。でも、値段が高いです。

這台電腦很輕又方便。但是價格很高。

◆轉接

• それでは

那麼（「では」為其省略的用法）

例 もう9時ですね。それでは、出発しましょう。

已經9點了。那麼出發吧！

テスト
綜合題目演練

（　　）(1)きのう大阪へ行きました。（　　　）たくさんお土産を買いました。
　　　①それから　②それでは　③しかし　④そして

（　　）(2)今日はいい天気ですね。（　　　）ちょっと寒いです。
　　　①でも　②そして　③それでは　④それから

（　　）(3) A: 授業は終わりましたか。
　　　B: はい、終わりました。
　　　A:（　　　）昼ご飯を食べに行きましょう。
　　　①そして　②では　③しかし　④それから

（　　）(4)このマンションは広くて、便利です。（　　　）とても高いです。
　　　①でも　②それから　③そして　④それでは

（　　）(5)日本人はご飯のまえに「いただきます」と言います。
　　　（　　　）食べます。
　　　①でも　②それでは　③それから　④しかし

答案：
(1)④ (2)① (3)② (4)① (5)③

126

6

接尾詞

- **ごろ**

  左右

[例] **毎朝6時ごろ起きます。**
每天早上 6 點鐘左右起床。

- **すぎ**

  超過

[例] **今、１０時すぎです。**
現在超過 10 點了。

- **まえ**

  之前

[例] **会議は９時からですが、１０分まえに来てください。**
會議從 9 點開始的，但請提前 10 分鐘到。

- **たち**

  ～們

[例] **私たちは桜大学の学生です。**
我們是櫻花大學的學生。

（　）(1) A: みなさん、どこから来ましたか。

　　　　B: 私（　　　）は、台湾から来ました。

　　　　①がた　②くらい　③ごろ　④たち

（　）(2) A: もう授業が始まりましたか。

　　　　B: いいえ、3分（　　　）ですよ。

　　　　①すぎ　②くらい　③ごろ　④まえ

（　）(3) A: 毎晩、何時間勉強しますか。

　　　　B: 3時間（　　　）勉強します。

　　　　①くらい　②まえ　③ごろ　④じゅう

（　）(4) 先生（　　　）はいつも203教室にいます。

　　　　①がた　②くらい　③ごろ　④すぎ

答案：

(1) ④ (2) ④ (3) ① (4) ①

7 助詞

・が

1. 「が」在主語的後面，「OO 是 ～」的意思。但和「～ は」不同的是，「が」的前面的主語是被強調的。

例 私が田中です。

我是田中。(強調田中就是我)

例 頭が痛いです。

頭痛。(強調痛的地方是頭)

2. 狀態的對象。

例 私は果物が好きです。

我喜歡水果。

例 田中さんは髪が長いです。

田中小姐的頭髮長。

・を

1. 動作的對象。

例 私はコーヒーを飲みます。

我喝咖啡。

例 日本のドラマを見ます。

看日本的電視劇。

2. 移動、出發。

例 公園を散歩します。

在公園散步。

例 橋を渡ります。

過橋。

例 家を出ます。

離開家。

例 電車を降ります。

下電車。

▪ に

1. 動作發生的時間 (在)。

例 私は朝6時に起きます。

我早上 6 點起床。

例 クリスマスに家族とパーティーをします。

聖誕節跟家人一起開派對。

2. 存在的表現 (有／在)。

例 机の上に雑誌があります。

桌子上面有雜誌。

例 教室に学生がいます。

教室裡有學生。

例 日本に住みたいです。

想住在日本。

3. 進入、返回。

例 お風呂に入ります。

進到浴缸。

例 元の所に戻してください。

請歸還到原本的地方。

例 駅に着きました。

抵達車站。

4. 對某對象 (物) 的表現。

例 体に気を付けてください。

請注意身體。

例 先輩の意見に賛成します。

賛成前輩的意見。

5. 動作對象 (to)；動作對象 (from)。

例 妹に (to) 電子辞書をあげます。

送給妹妹電子字典。

例 彼に (from) 花をもらいました。

收到男友的花。

6. 目的。

例 日本へ勉強しに行きます。

去日本念書。

例 レストランへ食事に行きます。

去餐廳吃飯。

例 映画を見に行きます。

去看電影。

▪ で

1. 某動作發生的地點 (在)。

例 会社で働きます。

在公司工作。

例 日本で遊びます。

在日本玩。

2. 方法／手段 (用)。

例 バスで学校へ行きます。

搭公車去學校。

例 これは中国語で何ですか。

這個用中文說是什麼？

例 箸でご飯を食べます。

用筷子吃飯。

例 ラジオで日本のニュースを聞きます。

用收音機聽日本的新聞。

3. 範圍 (～中)。

例 友達の中で、林さんが一番好きです。

朋友當中，最喜歡林小姐了。

例 スポーツで、テニスが一番おもしろいです。

運動中，網球最有趣了。

へ

往～方向。

例 昨日台湾へ来ました。

昨天來台灣。

例 高雄へ向かいます。

往高雄去。

132

▪ と

1. 共同動作者。

例 お母さんと買い物します。

跟媽媽去買東西。

例 父と母は一緒に台南へ行きました。

爸爸跟媽媽一起去台南。

2. 具體的人、事、物的並列。

例 ケーキとアイスクリームが好きです。

喜歡蛋糕跟冰淇淋。

例 ミカンとバナナはどちらがいいですか。

蜜柑跟香蕉喜歡哪一個？

▪ から

1. 時間跟地點的起點 (開始／從／由)。

例 日本語の授業は午後 2 時からです。

日文課是從下午兩點開始的。

例 林さんはアメリカから来ました。

林先生是從美國來的。

2. 原因、理由 (因為／由於)。

例 今日は娘の誕生日ですから、早く帰ります。

今天因為是女兒的生日，所以要早點回家。

例 この店の料理はおいしいですから、よく行きます。

由於這家餐廳的菜很好吃，所以常常去吃。

▪ まで

時間和地點的終點。

例 会議は4時までです。
<ruby>会議<rt>かいぎ</rt></ruby>は4<ruby>時<rt>よじ</rt></ruby>までです。
會議到 4 點為止。

例 郵便局は8時半から5時までです。
郵局是從 8 點半到 5 點。

例 デパートまでバスで行きます。
搭巴士到百貨公司。

▪ の

「～的」的意思。

例 私の靴です。
我的鞋子。

例 日本語の辞書です。
日文的字典。

▪ は

「は」放在主語後面，「○○是～」的意思。

例 先生は日本人です。
老師是日本人。

例 これは机^{つくえ}です。

這是桌子。

例 桜^{さくら}はきれいです。

櫻花是漂亮的。

例 日曜日^{にちようび}は休^{やす}みです。

星期日 (是) 休息。

▪ も

「も」放在主語後面，是「○○ 也是 ~」的意思。

用法：A(主語) 是 C。

        B(第二個主語) 也是 C。

例

これは日本^{にほん}のカメラです。

あれも日本^{にほん}のカメラです。

這是日本的相機。

那也是日本的相機。

例

私^{わたし}は台湾人^{たいわんじん}です。

林^{りん}さんも台湾人^{たいわんじん}です。

我是台灣人。

林小姐也是台灣人。

テスト
綜合題目演練

（　）(1)あなたは イヤリング（　　）たくさん持っていますか。
　　　　①の　②が　③に　④を

（　）(2)来週の火曜日（　　）、試験をやると先生が言いました。
　　　　①で　②に　③しか　④ぐらい

（　）(3)図書館は静かで勉強（　　）いいです。
　　　　①と　②で　③もが　④に

（　）(4)電車（　　）降りてから、歩いて会社へ行きます。
　　　　①で　②まで　③を　④からの

（　）(5)今度、父（　　）出張に行く国はイギリスです。
　　　　①が　②は　③を　④で

（　）(6)この絵を壁（　　）かけてください。
　　　　①からは　②ままで　③で　④に

（　）(7)テーブルの上に花瓶（　　）あります。
　　　　①の　②を　③に　④が

（　）(8)一日四回（　　）薬を飲んでください。
　　　　①で　②を　③に　④か

（　）(9)今、母は庭（　　）洗濯をしています。
　　　　①に　②の　③が　④で

（　）(10)昨日、わたしは弟（　　）テレビゲームをして遊びました。
　　　　①と　②も　③は　④に

（　）(11)マンガと歌（　　）、日本語を勉強している人がいます。
　　　　①の　②で　③か　④ね

（　）(12)これは鈴木さん（　　）車です。
　　　　①に　②を　③の　④が

（　）(13)あ、むこうからバス（　）来ますよ。

　　　①は　②へ　③で　④が

（　）(14)デパート（　）くつを買いました。

　　　①で　②が　③に　④へ

（　）(15)明日一時に彼女（　）会います。

　　　①を　②に　③で　④へ

（　）(16)時間がありませんから、タクシー（　）行きましょう。

　　　①が　②の　③を　④で

（　）(17)スーパーでジュース（　）くだものを買いました。

　　　①が　②と　③は　④へ

（　）(18)わたしは妹（　）川で遊びました。

　　　①が　②に　③を　④と

（　）(19)小林さんはこの病院（　）働いています。

　　　①で　②に　③へ　④まで

（　）(20) A: 田中さんのかばん（　）どこにありますか。

　　　B: あそこです。

　　　①は　②を　③が　④と

答案：

(1)④ (2)② (3)④ (4)③ (5)① (6)④ (7)④ (8)③ (9)④ (10)①

(11)② (12)③ (13)④ (14)① (15)② (16)④ (17)② (18)④ (19)① (20)①

8 基本句型

～あとで

在…之後

V た形＋あとで

N ＋のあとで

 学校で宿題をしたあとで、帰ります。

在學校寫完功課後，再回家。

例 アニメを見たあとで、お風呂に入ります。

看完動畫後，再去泡澡。

例 仕事のあとで、食事に行きませんか。

工作結束後，要不要去吃飯呢？

例 ご飯のあとで、テレビを見ます。

吃完飯後，看電視。

あまり～ない

不太…

あまり＋V（否定形）

あまり＋い形容詞（否定形）

あまり＋な形容詞（否定形）

例 昨日はあまり勉強しませんでした。

昨天沒怎麼念書。

例 ひらがなはあまり難しくないですが、カタカナは難しいです。

平假名不太難,但片假名卻很難。

例 辛い物はあまり好きじゃありません。

不太喜歡辣的食物。

■ ～が一番

最…（三者以上，程度最高的）

N＋が一番

例 日本料理で、すき焼きが一番好きです。

日本料理中,最喜歡壽喜燒。

例 友達で、林さんが一番背が高いです。

朋友中,林先生的身高最高。

例 一年で、秋が一番好きです。

一年當中,最喜歡秋天。

■ ～が欲しい

想要…

N＋が欲しい

* 不可使用於第三人稱 (他、她等) 的願望、希望。

例 彼女が欲しいです。

想要女友。

例 自分の家が欲しいです。

想要有自己的房子。

（例）もっと休みが欲しいです。

想多休息。

・～だけ

只…

N＋だけ

数字 + 單位詞 + だけ

（例）朝は何も食べません。牛乳だけ飲みます。

早上什麼都沒吃，只喝牛奶。

（例）昨日、一時間だけ寝ました。

昨天只睡了一個小時。

（例）財布の中には１００元だけあります。

錢包裡只有一百元。

・～てから

在…之後…

V（て形）＋から

（例）洗濯してから、玄関を掃除します。

洗完衣服後，打掃玄關。

（例）歯を磨いてから寝ます。

刷完牙後睡覺。

（例）日本に来てから、たくさん日本人の友達ができました。

來日本之後，交了很多日本的朋友。

▪ ～でしょう

徵求對方同意與確認

V（普通形）＋でしょう

い形（普通形）＋でしょう

な形（普通形）な＋でしょう

N（普通形）だ＋でしょう

例

林さんは今夜のパーティーに来るでしょう。

うん、行くよ。

林先生，今天晚上的派對會來對吧！

嗯，會去喔！

例

この時計、昨日彼氏にもらったんだ。いいでしょう。

え～、いいなあ。

這個手錶，昨天從男友那裡收到的。不錯吧！

哇～好好喔！

▪ ～どうやって

如何

例 すみません。どうやって切符を買いますか。

不好意思，要如何買票呢？

例 どうやって日本語を勉強しましたか。

是如何讀日文的呢？

▪ ～と思う

V （普通形）＋と思う

い形（普通形）＋と思う

な形（普通形）だ＋と思う

N （普通形）だ＋と思う

例 夜から雨が降ると思います。

我想，晚上會開始下雨。

例 王さんはあしたの飲み会には行かないと思います。

我猜，明天的餐會王先生不會去。

例 お酒は体によくないと思います。

我認為，酒對身體不好。

例 日本のスーパーは台湾のスーパーより便利だと思います。

我覺得，日本的超市比台灣的方便。

例 先生はどんな人だと思いますか。

你認為，老師是個怎樣的人？

▪ ～たい

V （ます形）ます＋たい

＊第三人稱 (他、她等) 無法使用。

例 夏休みは海外旅行したいです。

暑假想去國外旅行。

例 今日は家で休みたいです。

今天想在家休息。

▪ ～とき

V（普通形）＋とき

い形＋とき

な形（普通形）な＋とき

N（普通形）の＋とき

例 コーヒーを飲むとき、砂糖を入れます。

喝咖啡的時候會加糖。

例 風邪をひいたとき、薬を飲んで早く寝ます。

感冒時，吃了藥早點睡。

例 時間がないとき、タクシーで行きます。

沒時間的時候，搭計程車去。

例 若いとき、よくアルバイトしました。

年輕時，經常打工。

例 暇なとき、たいていテレビを見ます。

有空時，大概都會看電視。

例 子供のとき、よく家族と温泉に行きます。

孩提時，經常跟家人去泡溫泉。

▪ ～ながら～

Vます＋ながら

* 不能使用瞬間動詞。

例 ニュースを見^みながら、朝^{あさ}ごはんを食^たべます。

邊看電視新聞邊吃早餐。

例 歌^{うた}いながら、お風呂^{ふ ろ}に入^{はい}ります。

邊唱歌邊泡澡。

例 電話^{でん わ}しながら運転^{うんてん}してはいけません。

不可以邊講電話邊開車。

▪ ～なる

變成…(變化)

い形（去い）く＋なる

な形＋に＋なる

N＋に＋なる

例 最近^{さいきん}、暑^{あつ}くなりましたね。

最近天氣變熱了呢。

例 もっと強^{つよ}くなるためには、毎日^{まいにち}、運動^{うんどう}する必要^{ひつよう}があります。

為了變得更強健，每天都有運動的必要。

例 よく休^{やす}んだので、元気^{げん き}になりました。

因為好好休息過了，精神變好了。

例 彼女^{かのじょ}が好^すきになりました。

喜歡上她了。

例 今年、十八歳になりました。

今年 18 歳了。

▪ A は B より～です。

A 比 B…

A は B より形容詞です。

例 飛行機は電車より速いです。

飛機比電車快。

例 メロンは蜜柑より甘いです。

哈密瓜比橘子甜。

▪ ～前に

在…之前

V（辭書形）＋前に

N ＋の前に

N（期間）＋前に

例 先生に聞く前に、自分で調べてみます。

問老師之前，先自己試著查看看。

例 食事の前に、手を洗います。

吃飯前，先洗手。

例 一年前に、台湾に来ました。

一年前來台灣的。

9 附録

◆數字

0	れい／ゼロ		
1	いち	11	じゅういち
2	に	12	じゅうに
3	さん	13	じゅうさん
4	よん／し	14	じゅうよん／じゅうし
5	ご	15	じゅうご
6	ろく	16	じゅうろく
7	なな／しち	17	じゅうなな／じゅうしち
8	はち	18	じゅうはち
9	きゅう／く	19	じゅうきゅう／じゅうく
10	じゅう	20	にじゅう

十 じゅう		百 ひゃく	
10	じゅう	100	ひゃく
20	にじゅう	200	にひゃく
30	さんじゅう	300	さんびゃく
40	よんじゅう	400	よんひゃく
50	ごじゅう	500	ごひゃく
60	ろくじゅう	600	ろっぴゃく
70	ななじゅう	700	ななひゃく
80	はちじゅう	800	はっぴゃく
90	きゅうじゅう	900	きゅうひゃく
?	なんじゅう	?	なんびゃく

千 せん		萬 まん	
1,000	せん	10,000	いちまん
2,000	にせん	20,000	にまん
3,000	さんぜん	30,000	さんまん
4,000	よんせん	40,000	よんまん
5,000	ごせん	50,000	ごまん
6,000	ろくせん	60,000	ろくまん
7,000	ななせん	70,000	ななまん
8,000	はっせん	80,000	はちまん
9,000	きゅうせん	90,000	きゅうまん
?	なんぜん	?	なんまん

◆時間

	點		分
1 點	一時 いち じ	1 分	一分 いっぷん
2 點	二時 に じ	2 分	二分 に ふん
3 點	三時 さん じ	3 分	三分 さんぷん
4 點	四時 よ じ	4 分	四分 よんぷん
5 點	五時 ご じ	5 分	五分 ご ふん
6 點	六時 ろく じ	6 分	六分 ろっぷん
7 點	七時 しち じ	7 分	七分 なな ふん
8 點	八時 はち じ	8 分	八分 はっぷん
9 點	九時 く じ	9 分	九分 きゅう ふん
10 點	十時 じゅう じ	10 分	十分、十分 じゅっぷん　じっぷん
11 點	十一時 じゅういち じ	15 分	十五分 じゅう ご ふん
12 點	十二時 じゅう に じ	30 分	三十分、三十分、半 さんじゅっ ぷん　さんじっぷん　はん
?	何時 なん じ	?	何分 なんぷん

	月	
1 月	いちがつ 一月	
2 月	に がつ 二月	
3 月	さんがつ 三月	
4 月	し がつ 四月	
5 月	ご がつ 五月	
6 月	ろくがつ 六月	
7 月	しちがつ 七月	
8 月	はちがつ 八月	
9 月	く がつ 九月	
10 月	じゅうがつ 十 月	
11 月	じゅういちがつ 十 一月	
12 月	じゅう に がつ 十 二月	
？	なんがつ 何月	

150

日

1 號	ついたち 一日	17 號	じゅうしちにち 十七日
2 號	ふつか 二日	18 號	じゅうはちにち 十八日
3 號	みっか 三日	19 號	じゅうくにち 十九日
4 號	よっか 四日	20 號	はつか 二十日
5 號	いつか 五日	21 號	にじゅういちにち 二十一日
6 號	むいか 六日	22 號	にじゅうににち 二十二日
7 號	なのか 七日	23 號	にじゅうさんにち 二十三日
8 號	ようか 八日	24 號	にじゅうよっか 二十四日
9 號	ここのか 九日	25 號	にじゅうごにち 二十五日
10 號	とおか 十日	26 號	にじゅうろくにち 二十六日
11 號	じゅういちにち 十一日	27 號	にじゅうしちにち 二十七日
12 號	じゅうににち 十二日	28 號	にじゅうはちにち 二十八日
13 號	じゅうさんにち 十三日	29 號	にじゅうくにち 二十九日
14 號	じゅうよっか 十四日	30 號	さんじゅうにち 三十日
15 號	じゅうごにち 十五日	31 號	さんじゅういちにち 三十一日
16 號	じゅうろくにち 十六日	?	なんにち 何日

◆期間

時間			
小時		分鐘	
1 小時	<ruby>一<rt>いち</rt></ruby><ruby>時<rt>じ</rt></ruby><ruby>間<rt>かん</rt></ruby> 一時間	1 分鐘	一分 いっぷん
2 小時	二時間 に じ かん	2 分鐘	二分 に ふん
3 小時	三時間 さん じ かん	3 分鐘	三分 さんぷん
4 小時	四時間 よ じ かん	4 分鐘	四分 よんぷん
5 小時	五時間 ご じ かん	5 分鐘	五分 ご ふん
6 小時	六時間 ろく じ かん	6 分鐘	六分 ろっぷん
7 小時	七時間、七時間 なな じ かん、しち じ かん	7 分鐘	七分 なな ふん
8 小時	八時間 はち じ かん	8 分鐘	八分 はっぷん
9 小時	九時間 く じ かん	9 分鐘	九 分 きゅうふん
10 小時	十 時間 じゅう じ かん	10 分鐘	十 分、十分 じゅっぷん、じっぷん
？	何時間 なん じ かん	？	何分 なんぷん

期間			
天		星期	
1 天	いちにち 一日	1 個星期	いっしゅうかん 一週間
2 天	ふつか 二日	2 個星期	にしゅうかん 二週間
3 天	みっか 三日	3 個星期	さんしゅうかん 三週間
4 天	よっか 四日	4 個星期	よんしゅうかん 四週間
5 天	いつか 五日	5 個星期	ごしゅうかん 五週間
6 天	むいか 六日	6 個星期	ろくしゅうかん 六週間
7 天	なのか 七日	7 個星期	ななしゅうかん 七週間
8 天	ようか 八日	8 個星期	はっしゅうかん 八週間
9 天	ここのか 九日	9 個星期	きゅうしゅうかん 九週間
10 天	とおか 十日	10 個星期	じゅっしゅうかん じっしゅうかん 十週間、十週間
?	なんにち 何日	?	なんしゅうかん 何週間

期間			
月		年	
1 個月	一か月 いっげつ	1 年	一年 いちねん
2 個月	二か月 にげつ	2 年	二年 にねん
3 個月	三か月 さんげつ	3 年	三年 さんねん
4 個月	四か月 よんげつ	4 年	四年 よねん
5 個月	五か月 ごげつ	5 年	五年 ごねん
6 個月	六か月、半年 ろっげつ　はんとし	6 年	六年 ろくねん
7 個月	七か月 ななげつ	7 年	七年、七年 ななねん　しちねん
8 個月	八か月、八か月 はちげつ　はっげつ	8 年	八年 はちねん
9 個月	九か月 きゅうげつ	9 年	九 年 きゅうねん
10 個月	十か月、十か月 じゅうげつ　じっげつ	10 年	十 年 じゅうねん
?	何か月 なんげつ	?	何年 なんねん

◆数量詞

	物品	人
1	<ruby>一<rt>ひと</rt></ruby>つ	<ruby>一人<rt>ひとり</rt></ruby>
2	<ruby>二<rt>ふた</rt></ruby>つ	<ruby>二人<rt>ふたり</rt></ruby>
3	<ruby>三<rt>みっ</rt></ruby>つ	<ruby>三人<rt>さんにん</rt></ruby>
4	<ruby>四<rt>よっ</rt></ruby>つ	<ruby>四人<rt>よにん</rt></ruby>
5	<ruby>五<rt>いつ</rt></ruby>つ	<ruby>五人<rt>ごにん</rt></ruby>
6	<ruby>六<rt>むっ</rt></ruby>つ	<ruby>六人<rt>ろくにん</rt></ruby>
7	<ruby>七<rt>なな</rt></ruby>つ	<ruby>七人<rt>ななにん</rt></ruby>、<ruby>七人<rt>しちにん</rt></ruby>
8	<ruby>八<rt>やっ</rt></ruby>つ	<ruby>八人<rt>はちにん</rt></ruby>
9	<ruby>九<rt>ここの</rt></ruby>つ	<ruby>九人<rt>きゅうにん</rt></ruby>
10	<ruby>十<rt>とお</rt></ruby>	<ruby>十人<rt>じゅうにん</rt></ruby>
?	いくつ	<ruby>何人<rt>なんにん</rt></ruby>

155

	順序	薄而扁平的物品
1	いちばん 一番	いちまい 一枚
2	にばん 二番	にまい 二枚
3	さんばん 三番	さんまい 三枚
4	よんばん 四番	よんまい 四枚
5	ごばん 五番	ごまい 五枚
6	ろくばん 六番	ろくまい 六枚
7	ななばん 七番	ななまい 七枚
8	はちばん 八番	はちまい 八枚
9	きゅうばん 九番	きゅうまい 九枚
10	じゅうばん 十番	じゅうまい 十枚
?	なんばん 何番	なんまい 何枚

附録

	機器、車輛等	年齢
1	一台 いちだい	一歳 いっさい
2	二台 にだい	二歳 にさい
3	三台 さんだい	三歳 さんさい
4	四台 よんだい	四歳 よんさい
5	五台 ごだい	五歳 ごさい
6	六台 ろくだい	六歳 ろくさい
7	七台 ななだい	七歳 ななさい
8	八台 はちだい	八歳 はっさい
9	九台 きゅうだい	九歳 きゅうさい
10	十台 じゅうだい	十歳 じゅっさい
?	何台 なんだい	何歳 なんさい

	書本	頻率
1	いっさつ 一冊	いっかい 一回
2	に さつ 二冊	に かい 二回
3	さんさつ 三冊	さんかい 三回
4	よんさつ 四冊	よんかい 四回
5	ご さつ 五冊	ご かい 五回
6	ろくさつ 六冊	ろっかい 六回
7	ななさつ 七冊	ななかい 七回
8	はっさつ 八冊	はっかい 八回
9	きゅうさつ 九 冊	きゅうかい 九 回
10	じゅっさつ 十 冊	じゅっかい 十 回
?	なんさつ 何冊	なんかい 何回

	建築物樓層	細長的東西
1	一階 いっかい	一本 いっぽん
2	二階 にかい	二本 にほん
3	三階 さんがい	三本 さんぼん
4	四階 よんかい	四本 よんほん
5	五階 ごかい	五本 ごほん
6	六階 ろっかい	六本 ろっぽん
7	七階 ななかい	七本 ななほん
8	八階 はっかい	八本 はっぽん
9	九階 きゅうかい	九本 きゅうはん
10	十階、十階 じゅっかい、じっかい	十本、十本 じゅっぽん、じっぽん
?	何階 なんがい	何本 なんぼん

	杯子裝的飲料	小動物、魚、昆蟲
1	いっぱい 一杯	いっぴき 一匹
2	に はい 二杯	に ひき 二匹
3	さんばい 三杯	さんびき 三匹
4	よんはい 四杯	よんひき 四匹
5	ご はい 五杯	ご ひき 五匹
6	ろっぱい 六杯	ろっぴき 六匹
7	ななはい 七杯	ななひき 七匹
8	はっぱい 八杯	はっぴき 八匹
9	きゅうはい 九 杯	きゅうひき 九 匹
10	じゅっぱい　じっぱい 十 杯、十杯	じゅっぴき　じっぴき 十 匹、十匹
?	なんばい 何杯	なんびき 何匹

160

メモ

試試身手！題目演練

テスト

◎文字、語彙

一、

( )(1)きょうは いい 天気ですね。
　　　①げんき　②けんき　③でんき　④てんき

( )(2)しつれいですが、お名前は？
　　　①なまえ　②まなえ　③らまえ　④まえら

( )(3)このズボンは ちょっと 長いです。
　　　①たかい　②やすい　③ながい　④おもい

( )(4)ゆっくり 休んで ください。
　　　①よんで　②のんで　③やすんで　④ふんで

( )(5)さとうさんは あそこで やまださんと 話して います。
　　　①わして　②はなして　③だして　④おして

( )(6)わたしは きのうの 会議に 出ました。
　　　①きました　②でました　③だしました　④いきました

( )(7)この くつは ちょっと 大きいですね。
　　　①おうきい　②おおきい　③おきい　④おぎい

( )(8)あそこに 山が あります。
　　　①かわ　②やま　③うみ　④いけ

( )(9)こちらは わたしの 先生です。
　　　①せんせえ　②せんせ　③せんせい　④せいせい

（　）⑽もういちど 言って ください。
　　　①たって　②とって　③かって　④いって

（　）⑾この 本は いくらですか。
　　　①ほん　②ぼん　③はん　④ばん

（　）⑿いもうとは 学生です。
　　　①がくせえ　②がくせい　③がへせえ　④がへせい

（　）⒀まいにち 新聞を よみます。
　　　①しんむん　②しむん　③しんぶん　④しぶん

（　）⒁住所を おしえて ください。
　　　①じゅうしょ　②じゆうしょ　③じゅうしよ　④じゅうしょう

（　）⒂右に まがってください。
　　　①みぎ　②ひだり　③よこ　④まえ

二、

（　）⑴いんたーねっとで かいものを します。
　　　①インターネット　②インクーネット　③インターネソと
　　　④インクーネソト

（　）⑵わたしは しろい かばんが ほしいです。
　　　①自い　②日い　③目い　④白い

（　）⑶たなかさんは おんがくを きいて います。
　　　①聞いて　②間いて　③関いて　④問いて

（　）⑷また あした ここへ きて ください。
　　　①見て　②来て　③立て　④着て

（　）(5)すずきさんは せが たかいですね。
　　　①高い　　②長い　　③低い　　④黒い

（　）(6)たかはしさんは ほんを よんで います。
　　　①読んで　　②呼んで　　③死んで　　④運んで

（　）(7)りょこうは らいしゅうの かようび です。
　　　①水よう日　　②土よう日　　③月よう日　　④火よう日

（　）(8)あのりんごは みっつで ２００えんです。
　　　　　　　　　　　　　　　　にひゃく
　　　①四つ　　②六つ　　③三つ　　④八つ

（　）(9)あの 木の したで やすみましょう。
　　　　　　き
　　　①上　　②中　　③土　　④下

（　）(10)でんしゃの まどから ふじさんが はんぶん みえました。
　　　①半分　　②羊分　　③半文　　④羊文

（　）(11)この かわは とても みずが つめたいです。
　　　①山　　②水　　③川　　④土

（　）(12)おかねを かしてください。
　　　①お全　　②お傘　　③お金　　④お企

（　）(13)おくには どちらですか。
　　　①固　　②回　　③四　　④国

（　）(14)でぐちは あちらです。
　　　①出口　　②入口　　③山口　　④人口

（　）(15)このビルは ふるい です。
　　　①固い　　②古い　　③吉い　　④新しい

三、

（　）⑴さとうさんは いま（　　）を あびています。
　　　　①シャワー　　②セーター　　③スーツ　④スーパー

（　）⑵これは きのう としょかんで（　　）CD です。
　　　　①かいた　　②かえった　　③かした　④かりた

（　）⑶わたしは テニスが（　　）。
　　　　①しずかです　　②ほんとうです　　③すきです
　　　　④じょうぶです

（　）⑷スポーツは（　　）です。
　　　　①たのしい　　②あたらしい　　③おそい　④かい

（　）⑸わたしは いつも 6じ（　　）おきます。
　　　　①とき　　②ごろ　　③ちゅう　④ずつ

（　）⑹えいがは 2じから 3じはんまでです。3じはんに（　　）。
　　　　①おります　　②おわります　　③およぎます　④おぼえます

（　）⑺うちから がっこうまで 1じかん（　　）。
　　　　①かかります　　②かけます　　③いきます　④きます

（　）⑻スーパーの（　　）で おかねを はらいました。
　　　　①ドア　　②レジ　　③スプーン　④レポート

（　）⑼ここから たいしかんまでの（　　）を かいてください。
　　　　①てがみ　　②チケット　　③ちず　④きっぷ

（　）⑽くうこうまで（　　）で いきます。
　　　　①かいしゃ　　②こうしゃ　　③いしゃ　④でんしゃ

（　）(11)コーヒーは（　　）すきじゃありません。
　　　　①とても　　②あまり　　③よく　　④ときどき

（　）(12)かれは（　　）が じょうずです。
　　　　①りょうり　　②かいしゃ　　③えいが　　④めがね

（　）(13)ともだちと（　　）で すんでいます。
　　　　①ふたつ　　②ふたり　　③ににん　　④はたち

（　）(14)この パンを（　　）で きってください。
　　　　①フォーク　　②スープン　　③コップ　　④ナイフ

（　）(15)しろい かみが 2（　　）あります。
　　　　①かい　　②だい　　③まい　　④ほん

四、

（　）(1)この しょくどうは まずいです。
　　　　①ここの りょうりは おいしいです。

　　　　②ここの りょうりは おいしくないです。

　　　　③ここの りょうりは やすいです。

　　　　④ここの りょうりは たかいです。

（　）(2)ここは ゆうびんきょくです。
　　　　①ここで ほんを よみます。

　　　　②ここで おちゃを のみます。

　　　　③ここで やさいを かいます。

　　　　④ここで てがみを だします。

（　）(3)がっこうは ちょうど 5じに おわりました。
　　　①がっこうは 2じはんに おわりました。

　　　②がっこうは 5じに おわりました。

　　　③がっこうは 5じはんに おわりました。

　　　④がっこうは 5じごろに おわりました。

（　）(4)あねは こばやしさんと けっこんします。
　　　①あねと こばやしさんは ともだちに なります。

　　　②あねと こばやしさんは りょうしんに なります。

　　　③あねと こばやしさんは きょうだいに なります。

　　　④あねと こばやしさんは ふうふに なります。

（　）(5)このみせでは やさいや くだものを うっています。
　　　①ここは やおやです。

　　　②ここは ほんやです。

　　　③ここは はなやです。

　　　④ここは にくやです。

◎文法
一、

（　）(1)わたしの けいたいでんわは どこ（　　　）ありませんでした。
　　　①には　②にも　③では　④でも

（　）(2)まいにち 1じかんぐらい ギター（　　　）れんしゅうを します。
　　　①を　②の　③は　④や

（　）(3)うちの会社（　　）日曜日しか やすみません。
　　　　①には　　②では　　③より　　④ほうが

（　）(4)あさ、8じ（　　）学校の前で まっています。
　　　　①ぐらい　　②で　　③ごろが　　④に

（　）(5)かのじょは わたしの はなし（　　）はじめから おわりまで き
　　　いていました。
　　　　①を　　②が　　③の　　④と

（　）(6)きょうは よる（　　）さむく なるでしょう。
　　　　①まで　　②しか　　③から　　④では

（　）(7)おなかが すきましたね。何（　　）たべましょうか。
　　　　①が　　②か　　③は　　④も

（　）(8)やすみの 日です（　　）、主人は 会社で はたらいて います。
　　　　①くて　　②では　　③より　　④けど

（　）(9)したの 子は ２００４年（　　）うまれました。
　　　　①の　　②は　　③に　　④が

（　）(10)（　　）カラオケに いきませんか。
　　　　①どうして　　②どの　　③どれの　　④どちらでも

（　）(11)この ズボンは ねえさん（　　）くれた プレゼントです。
　　　　①は　　②が　　③を　　④しか

（　）(12)あなたは テストの前（　　）日に なにを しましたか。
　　　　①で　　②に　　③の　　④を

（　）(13)あなたは りゅうがく（　　）どのぐらい おかねを つかいました
　　　か。
　　　　①が　　②へ　　③は　　④に

（　）(14)あしたは、テニス（　）ゴルフを やります。
　　　①の　②が　③を　④か

（　）(15)この クラス（　）、いちばん せが たかい 人は田中さんです。
　　　①もが　②では　③には　④より

（　）(16)がくせいたちは もう うんどうじょう（　）出て いますが、先生はまだ出て いません。
　　　①で　②か　③も　④に

（　）(17)べんきょうが あまり すきでは ない彼は とちゅうで日本語
　　　（　）べんきょうを やめた。
　　　①の　②を　③は　④が

（　）(18)デジカメ（　）たなかさん（　）持って いますから、わたし
　　　たちは 持って いかなくても いいです。
　　　①も／も　②と／の　③が／は　④は／が

（　）(19)ひさしぶりに会いましたから、どこかで いっぱい（　）。
　　　①のむでしょうな　②のみましょうな　③のむでしょうか
　　　④のみましょうか

（　）(20)がくせいたちは じぶんの つくった さくひんを 出しました。
　　　（　）よく できて いますね。
　　　①どれか　②どれを　③どれも　④どれでは

（　）(21)母は 一年に 4回 山（　）のぼります。
　　　①が　②に　③で　④と

（　）(22)かれ（　）好きな じょせいは どんな 人ですか。
　　　①の　②は　③も　④に

169

（　）⑵ここに くるま（　　）止めないで ください。
　　　　①が　　②に　　③か　　④を

（　）⑵あなたの うち（　　）ねこが いますか。
　　　　①には　　②では　　③へは　　④とは

（　）⑵ゆうべ、山田さんは わたしの うち（　　）きました。
　　　　①へ　　②を　　③で　　④の

（　）⑵この ぼうしは あなた（　　）ちょうど いいと おもいます。
　　　　①も　　②に　　③の　　④を

（　）⑵たんじょうび（　　）父（　　）パソコンを もらいました。
　　　　①で／で　　②の／の　　③に／から　　④から／に

（　）⑵うちの むすめは もう３５歳に なった（　　）、彼氏がまだ い
　　　ません。
　　　　①けれども　　②から　　③ので　　④より

（　）⑵すみません（　　）、この しごとを やって くださいませんか。
　　　　①から　　②ので　　③か　　④が

（　）⑵字が小さくて はっきり（　　）、めがねを かけました。
　　　　①みえるまで　　②みえないから　　③みえないけど
　　　　④みえなくて

二、

（　）⑴だいがくを ＿＿★＿＿ ＿＿＿＿ ＿＿＿＿ ＿＿＿＿。
　　　　①でてから　　②はじめました　　③すぐ　　④しごとを

（　）⑵かぜを ひいて ＿＿★＿＿ ＿＿＿＿ ＿＿＿＿ ＿＿＿＿ない。
　　　　①げんき　　②いて　　③きょうは　　④が

170

（　）(3)あの女の_____ _____ ★___ _____ですよ。

 　　①おくさん　　②ひとが　　③田中さん　　④の

（　）(4)わたしは あまり さしみは_____ ★___ _____ _____ありません。

 　　①ありません　　②きらいでも　　③が　　④好きでは

（　）(5)せびろの_____ _____ ★___ 三千円わたしました。

 　　①てんいんに　　②だして　　③ポケットから　　④さいふを

（　）(6)_____ _____ _____ ★___ もちました。

 　　①わたしが　　②は　　③にもつ　　④おおきな

（　）(7)たいふう_____ _____ ★___ _____たおれました。

 　　①ふとい　　②き　　③で　　④も

（　）(8)これは_____ _____ ★___ _____です。

 　　①作った　　②が　　③すし　　④田中さん

（　）(9)ごはんを_____ _____ ★___ _____いきました。

 　　①林さんの　　②たべて　　③うちへ　　④から

（　）(10)テレビを_____ _____ ★___ _____ないでください。

 　　①見　　②食べ　　③ごはんを　　④ながら

（　）(11)おしょうがつに_____ _____ ★___ _____です。

 　　①ともだちに　　②帰って　　③会いたい　　④田舎へ

（　）(12)土曜日は買い物に _____ _____ ★___ _____から、いそがしいです。

 　　①します　　②行ったり　　③したり　　④そうじを

（　）(13)えんぴつを _____ _____ ★___ _____。

 　　①２ほんと　　②３さつ　　③買いました　　④ノートを

（　）⒁富士山はとても_____ _____ _____ ★ 多いです。

①ゆうめいな　②ひとが　③やまで　④のぼる

（　）⒂さきに ごはんを_____ _____ _____ ★ のみます。

①を　②たべて　③おちゃ　④それから

答案：

語彙

一、

(1)④ (2)① (3)③ (4)③ (5)② (6)② (7)② (8)② (9)③ (10)④ (11)① (12)② (13)③ (14)① (15)①

二、

(1)① (2)④ (3)① (4)② (5)① (6)① (7)④ (8)③ (9)④ (10)① (11)③ (12)③ (13)④ (14)① (15)②

三、

(1)① (2)④ (3)④ (4)① (5)② (6)② (7)① (8)② (9)③ (10)④ (11)② (12)① (13)② (14)④ (15)③

四、

(1)② (2)④ (3)② (4)④ (5)①

文法

一、

(1)② (2)② (3)② (4)④ (5)① (6)③ (7)② (8)④ (9)③ (10)① (11)② (12)③ (13)④ (14)④ (15)② (16)④ (17)① (18)④ (19)④ (20)③ (21)② (22)① (23)④ (24)① (25)① (26)② (27)③ (28)① (29)④ (30)②

二、

(1)① (2)② (3)④ (4)① (5)② (6)① (7)② (8)① (9)① (10)③ (11)① (12)③ (13)② (14)② (15)①

メモ

メモ

メモ

單字一本罩!從文法句型背單字：N5單字文法書 / 張秀慧著.
-- 初版. -- 臺北市：笛藤，八方出版股份有限公司, 2023.07
　面；　公分
ISBN 978-957-710-900-2(平裝)

1.CST: 日語 2.CST: 詞彙 3.CST: 能力測驗

803.189　　　　　　　　112010011

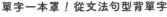

單字一本罩！從文法句型背單字

N5 單字文法書

2023年7月26日　初版第1刷　定價300元

著　　　者	張秀慧
總 編 輯	洪季楨
編　　　輯	陳亭安
封面設計	王舒玗
編輯企劃	笛藤出版
發 行 所	八方出版股份有限公司
發 行 人	林建仲
地　　　址	台北市中山區長安東路二段171號3樓3室
電　　　話	(02)2777-3682
傳　　　真	(02)2777-3672
總 經 銷	聯合發行股份有限公司
地　　　址	新北市新店區寶橋路235巷6弄6號2樓
電　　　話	(02)2917-8022·(02)2917-8042
製 版 廠	造極彩色印刷製版股份有限公司
地　　　址	新北市中和區中山路二段380巷7號1樓
電　　　話	(02)2240-0333·(02)2248-3904
印 刷 廠	皇甫彩藝印刷股份有限公司
地　　　址	新北市中和區中正路988巷10號
電　　　話	(02)3234-5871
郵撥帳戶	八方出版股份有限公司
郵撥帳號	19809050